the swell change. You had to go with the change. He told me tha...

rooms get forgotten. You had to feel the swell change. You had to go with the change.

Leis go brown, tectonic plates shift, deep currents move, islands vanish,

JOAN DIDION

The Year
of Magical Thinking

奇想之年

[美]琼·狄迪恩———著　陶泽慧———译

Joan Didion

NEWSTAR PRESS
|新\星\出/版/社|

新经典文化股份有限公司
www.readinglife.com
出　品

本书献给约翰，献给金塔纳

1

人生突然改变。

人生在一刹那间改变。

你坐下来吃晚饭，你所熟知的生活就此结束。

自怜自哀的问题。

这是我在事发之后写下的最初几行文字。微软 Word 文档（"变化札记.doc"）显示的修改时间是二〇〇四年五月二十日晚十一点十一分，不过当时的情况，大约是我打开文档后，条件反射地在关闭前点了一下保存。整个五月，我没有修改过这份文档。自二〇〇四年一月起，也就是事件发生的一天、两天，抑或三天后，我写下这几行文字，便没有做过任何改动。

很长的一段时间里，我没有提笔写过任何东西。

人生在一刹那间改变。

那一刹那稀松平常。

在某个时间点，为了铭记这个事件最令我惊异的部分，我考虑过要添加如下字眼："那一刹那稀松平常。"但我立即明白，"稀松平常"这个词其实全无添加的必要，因为我绝不会忘记：这个词从未离开我的脑海。正是大事件之前周遭一切稀松平常的本质，不断阻挠着我，令我没法理解它、接纳它、渡过它，乃至不能真心相信事件已然发生。如今我确认这一现象其实是普遍存在着的：遭遇突发灾难，我们关注的却是匪夷所思的事情发生时，周遭的情况是多么平凡。飞机坠落时湛蓝的天空；汽车燃起大火时正在办理的例行差事；孩子们像往常一样荡着秋千，而响尾蛇钻出常春藤咬了他们一口。一位精神科护士的丈夫死于高速公路上的一场车祸，我在她的描述中读到："他正行驶在下班回家的路上，开心、成功、健康，然后就没了。"一九九六年，我采访过一些人，他们都亲历过一九四一年十二月七日檀香山的那个早晨；无一例外，他们对珍珠港事件的讲述都以如下措辞开头：那是个"稀松平常的星期日的早晨"。多年以后，当纽约居民回忆起美航第十一次航班和联航第一七五次航班撞向世贸双子塔的那个早晨，他们仍然会说"那不过是九月的一个稀松平常的日子"。即便是"九一一事件"调查报告，开篇也是这常常带有预兆性，却依然令我们瞠目的

2

说辞："二〇〇一年九月十一日，星期二，美国东部破晓的天空万里无云，空气温暖而湿润。"

"然后——就没了。"我们在生的怀抱中死去，圣公会教徒在墓地前如是说。后来我意识到，我肯定向最初几周来到家中的每位宾客一遍遍重述了事件的细节；所有这些亲戚朋友都帮忙带来食物，倒好饮料，在餐桌上摆好餐具，款待午餐或晚餐时家中的诸多来客；所有这些人还帮我收拾餐盘，冷藏剩饭，打开洗碗机，把我们（我还没法用我的概念来想问题）原本空荡的房子塞得满满当当，即便在我去卧室（我们的卧室，这间卧室的沙发上仍然搁着一件特大号毛巾布袍子，是我们在上世纪七十年代从贝弗利山的理查德·卡罗尔商店买回来的）睡觉后都有人留守，并把门关上。在我的记忆中，关于最初几天乃至几星期最清晰的印象，是那些我被突如其来的心力交瘁击垮的瞬间。我不记得跟任何人讲过那些细节，但我肯定这么做了，因为似乎每个人都知道。某个时刻，我想过事情的细节有可能是在他们中间传开的，但又立即否定了这种可能性：他们对事情来龙去脉的把握都太过精准，不可能出于彼此相传。那只可能出自于我。

我明白事情只可能出自于我的另一个原因是，听到的每一个版本，都不包含我当时无法面对的细节，比方说客厅里的那摊血迹，它直到何塞第二天上午回来才被清理干净。

何塞。他是我们家的一员。那天（十二月三十一日）晚些时候，他本该飞往拉斯维加斯，却没能成行。何塞那天上午一边哭一边清理血迹。我把事情告诉他时，他一开始并没有听明白。显然我不是一个理想的讲述者，我的版本不仅逻辑混乱，还有很多遗漏，我的言语无法表达当时情景的核心事实（后来当我把事情告诉金塔纳时，也同样词不达意）。但待到何塞看到血迹，他就明白了。

他那天上午来我家之前，我已经拾起了扔在地上的注射器和心电电极，但我没法面对那摊血迹。

事情大概是这样。

现在我提笔写下这些文字，时间是二〇〇四年十月四日下午。

九个月零五天前，也就是二〇〇三年十二月三十日晚上九点左右，我同丈夫约翰·格雷戈里·邓恩在纽约寓所的客厅里刚刚坐下吃晚饭，他当时看上去（后来得到确证）是突发了严重的冠心病，这最终令他丧命。我们的独生女金塔纳在过去的五天里一直处于昏迷状态，住在贝斯以色列医疗中心辛格分院的重症监护病房里。这家医院（二〇〇四年八月停止营业）位于东区大道，是大家熟知的"贝斯以色列北院"或"达可塔斯医院"。起初我们以为她得了严重的流感，在圣诞节一早将她送去急诊室，可她的病情却恶化成了肺炎和败血性休克。接下来的那段时间，那几星期乃至几个月中，我曾经拥有的关于死亡，关于疾病，关于概率和运气，关于好运与厄运，关于婚姻、子女与记忆，关于丧恸，关于人们直面死亡的事实时采取的应对方式以及无法应对的方式，关于理智的肤浅，以及关于生命本身的任何一个固有的观念，都被切割得支离破碎。而这些文字是我的一番尝试，我试着去弄明白这其中的意义。我把毕生都献给了写作。作为一名作家，自孩提时起，在我的文字还远远没有化作纸上的铅字时，我脑中便形成了一种观念，认为意义本身居于词语、句子和段落的韵律之中；我还掌握了一种写作技巧，将我所有的思考和信念隐藏在愈发无法穿透的文字虚饰背后。我的写作方式是我的存在方式，或者说已经成为了我的存在方式；然而在这本书中，我希望拥有的却不是词语及其韵律，而是一间配备有 Avid 数码剪辑系统的剪辑室。我可以按下一个键，便打乱时间的顺序，在同一时间里向你们展示如今来到我跟前的所有记忆画面，由你们来选择不同的片段，那些微妙的、不同的表达，那些对同一语句的多种解读。在这本书中，我只有超越词语才能找到意义。在这本书中，我需要穿透我的所有思考和信念，即便只是为了我自己。

2

二〇〇三年十二月三十日，一个星期二。

我们已经去贝斯以色列北院六楼的重症监护病房探望过金塔纳。

我们已经回到家中。

我们已经讨论过是外出吃晚饭还是在家吃。

我说我待会儿给壁炉生火，我们可以在家吃饭。

我生好火，我开始准备晚饭，我问约翰要不要喝杯酒。

我给他倒了杯苏格兰威士忌，拿到客厅里，他正坐在炉火旁的椅子里读书，那是他惯常的座位。

他读的是戴维·弗罗姆金《欧洲最后的夏天：是谁发动了一九一四年的世界大战？》的试读本。

我做好晚饭，在客厅里摆好餐桌，只有我们两人在家吃饭时，我们都会坐在这处烤得到炉火的位置。我发现我一直在强调炉火，因为炉火对我们来说非常重要。我在加利福尼亚长大，约翰和我在那里居住了二十五年，在加利福尼亚我们用炉火给房子供暖。我们甚至在夏夜都会生火，不然雾气会进来。生火表示我们已经回到家中，我们画出了一个安全的范围，我们会平安度过夜晚。我点亮蜡烛。约翰在入座前让我再给他倒一杯。我倒好递给他。我们在桌边坐好。我集中注意力搅拌沙拉。

约翰说着话，然后他停住了。

在他停止说话的前几秒或前一分钟里，在某个时刻，他问我给他倒的第二杯酒是不是纯麦芽苏格兰威士忌。我说不是。我倒的威士忌跟第一杯一样。"那就好，"他说，"我也说不上来为什么，但觉得你不会让我混着喝。"在那几秒或一分钟里的另一个时刻，他谈论着第一次世界大战的重要性，说它决定了二十世纪余下的整个时期的走向。

我不知道当他停止说话时，我们在讨论哪个话题，是苏格兰威士忌，还是第一次世界大战。

我只记得自己抬头看时，他举着左手，人却耷拉着一动不动。一开始我以为他在开一个一点都不好笑的玩笑，试图让这一天的艰难显得尚且能够应付。

我记得自己说，别这样。

可他并没有回答，我最先想到的是他也许被食物噎住窒息了。我记得自己将他从椅背上架起来，要对他实施海姆立克急救法。我记得他重重地向前倾倒，先是撞上餐桌，然后仆倒在地板上。厨房的电话旁贴着一张卡片，上面有几个纽约长老会医院的急救号码。我把这些电话号码贴在电话旁，不是因为预计到会发生这样的状况。我贴这些号码，是怕万一楼里有其他人需要叫救护车。

其他什么人。

我拨通了其中一个号码。调度员问他还有没有呼吸。我说快来救人。医护人员抵达时，我试图告诉他们都发生了什么，可在我说完之前，他们已将约翰躺倒的那部分客厅变成了急救室。其中一位（他们一共三个人，也可能是四个，甚至一小时后我还是搞不清人数）在向医院报告约翰的心电图，他们好像已经在传输数据了。另一位正在拆注射器的包装（第一枚还是第二枚，反正后来还用了很多。肾上腺素？利多卡因？普鲁卡因胺？这些不知道从哪儿来的名字出现在我的脑海里）。我记得自己说他可能是窒息了。但医护人员检查了一下，立即否决了这种可能性：呼吸道是通畅的。他们现在要使用心脏除颤器，试图恢复约翰的心律。他们也许让约翰恢复了一拍正常的心跳（也许只是我一厢情愿，我们都沉默不语，约翰被震得剧烈跳动了一下），然后心跳又没了，然后又震了一下。

"他还在颤动"，我记得拿着电话的那位医护人员这样说道。

"室颤，"第二天上午，当约翰的心脏病医生从楠塔基特打来电话时，他这么解释道，"他们说的应该是心室颤动。"

他们说的也许是"心室颤动"，也许不是。心房颤动并不会直接引发、也不会必定引发心跳骤停。但心室颤动却会导致这种后果。也许他们说的就是心室颤动吧。

我记得自己试图在脑海里厘清接下来都发生了什么。既然救护小组已经在客厅里了，那么按照逻辑，下一步就应该去医院。我突然意识到，救护小组会突然就决定去医院，而我还准备不足。我手头可能没有需要携带的东西。我可能会浪费时间，被他们丢在后头。我找出自己的手提包、一串钥匙，以及约翰的医生对他的病史所做的概述。当我回到客厅时，医护人员正在观察他们放在地板上的监视器。我看不到监视器的画面，只好注视着他们的面庞。我记得其中一位匆匆看了另外几人一眼。当他们决定要走时，一切发生得太过迅速。我跟着他们走向电梯，问能不能跟他们一块儿走。他们说得先把轮床送下去，我可以搭乘第二辆救护车。其中一位医护人员陪我一起等电梯上来。待他和我钻进第二辆救护车时，装着轮床的那辆救护车已经发动起来从大楼前门开走了。我们那栋楼跟纽约长老会医院（那个院区原先是纽约医院）隔了六个穿城街区。我的记忆中既没有任何救护车的警报声，也没有那时的交通状况。当我们抵达医院急救中心的入口时，轮床已经被推进了医院大楼。一位男士在车道上等候。我视线里的其他人都穿着医护服，他却没穿。"这是那位妻子吗？"他问司机，然后转头对我说话。"我是您的社工。"他说。而我猜，在这个时候我就应该知道结局了。

"我打开门，看到了那个穿绿衣服的人，然后我就明白了。我立刻明白了。"这番话出自一位十九岁少年的母亲，在那部 HBO 纪录片里，她的孩子在基尔库克被炸弹炸死了，鲍勃·赫伯特在二〇〇四年十一月十二日早晨的《纽约时报》上引用了这段话。"但我却奢望，只要我不让他进到屋里来，他就不能把结果告诉我。然后一切就像从未发生过一样。所以他不停地说：'夫人，我得进去跟您谈谈。'而我则不停地告诉他：'抱歉，你不能进来。'"

在那个救护车和社工的夜晚过去近十一个月之后，我在早餐时读到这些话，立即意识到这正是我当时的思绪。

在急救室里，我看到更多穿医护服的人将轮床推到了一个隔间里。有人让我在接待区等候。我照办了。办理入院手续的地方排着队。而排队等候似乎是一件具有积极意义的事，它意味着依然有余裕去应对这件事。我的手提包里装有医保卡复印件，这所医院我并不熟悉，它是纽约长老会医院①的康奈尔分院，而我所熟知的哥伦比亚分院，即哥伦比亚长老会医院，位于西一百六十八街和百老汇大道的交界处，离我们家最多就二十分钟的路程，但对这次的急救来说还是太远了。不过，我一定能在这所陌生的医院看好他的病，我能派上用场，一旦他的病情稳定下来，我就安排他转入哥伦比亚长老会医院。当社工再次出现，将我从入院手续的队伍旁领至接待区外的一个空房间时，我一直专注于思考转院的细节（他需要一张配备遥测设备的病床，最终我也能把金塔纳转到哥伦比亚分院去。她入住贝斯以色列北院的当晚，我就在一张卡片上记下了几位哥伦比亚分院医生的传呼机号码，他们中总有一个可以帮我把事情办妥）。"您可以在这边等。"他说道。我等候着。房间很冷，或者只是我自己觉得很冷。我突然想知道从我呼叫救护车到医护人员抵达，到底过了多长时间。我印象中那好像几乎没花任何时间（在那个接待室外的房间里，我脑海里蹦出的短语是上帝眼中的木屑②），但肯定至少用了

---

① 纽约长老会医院是哥伦比亚大学和康奈尔大学的附属医院，前身为纽约医院和长老会医院，合并后分别叫作纽约长老会医院哥伦比亚分院（哥伦比亚长老会医院)和纽约长老会医院康奈尔分院(康奈尔长老会医院)。——译注，下同。

② 取自《圣经·路加福音》(6:41)："为什么看得见你弟兄眼中的木屑，却不想自己眼中有梁木呢？"此处指不同情景下的时间体验有很大差距。

几分钟吧。

　　之前因为电影里的一段情节，我在书房的布告板上贴过一张粉红色的索引卡，上面印着我从《默克诊疗手册》里摘出的一句话，内容是人在大脑缺氧的状态下能够存活多长时间。在那个接待区外的房间里，这张粉红色索引卡的样子重新呈现在我的脑海里："大脑组织缺氧达四至六分钟，可导致不可逆性损伤，甚至脑死亡。"当社工又一次出现时，我正在不停地告诉自己，我肯定是把这句话给记错了。他带来了一个人，并介绍说那是"负责您丈夫的医生"。然后是一段沉默。"他不行了，是吗？"我听到自己跟医生这样说。医生看了看社工。"只管说吧，"社工说道，"她表现得特别冷静。"他们将我领到那个挂着帘子的隔间，约翰孤单地躺在里面。他们问我要不要请个牧师，我说好的。他们把约翰的银色卡包递给我，里面装着他的驾照和信用卡。他们把装在约翰口袋里的现金、手表、手机递给我。他们还给我一个塑料袋，说里面装着他的衣物。我向他们表示感谢。社工问我，他还有什么事情能够帮得上忙。我说他可以帮我叫一辆出租车。他照办了，我向他表示了感谢。"你身上的钱够付出租车费吗？"他问道。我这位冷静的未亡人告诉他我身上有足够的钱。当我走进公寓，看到椅子上依然搁着约翰的外套和围巾（我们去贝斯以色列北院看金塔纳后回到家中，他把这些衣物脱下来放在那里，一条红色的羊绒围巾，一件巴塔哥尼亚牌冲锋衣，《因为你爱过我》[①]的剧组服装正是这件外套），我突然想知道，一位不冷静的未亡人会被允许有什么样的表现。精神崩溃？需要镇静？失声尖叫？

我记得自己想着，我得和约翰讨论一下这个事情。

没有什么是我不能和约翰讨论的。

因为我们俩都是作家，都在家里工作，我们生活的每一天都充盈着对方的话语。

我并不总是认同他的观点，他也不总是认同我的观点，但我们信任彼此。我们的投资或利益之间没有任何分歧。由于有时候是我，有时候是他，会得到更多好评、进步更大，所以许多人认为我们必定处于某种"竞争"关系之中，我们私底下的生活必定会是一片布满职业嫉妒和愤恨的雷区。这番见解离真实情况非常遥远，对这种见解的普遍坚持表明大众对婚姻的理解存在某种局限。

而这也是我们曾经讨论过的问题。

关于我从纽约医院独自回家的那个夜晚，我对公寓的记忆是它的寂静。

---

① 琼·狄迪恩和约翰·格雷戈里·邓恩是这部电影的编剧。

我从医院拿回来的那个塑料袋里，装着一条灯芯绒裤子、一件羊毛衫、一条腰带，应该就这些东西了。灯芯绒裤子的裤腿被割开了，我猜是医护人员做的。羊毛衫上有血迹。腰带被盘成一团。我记得我把他的手机放在他书桌的充电底座上。我记得我将他的银色卡包放进卧室的箱子，里面还装着我们的护照、出生证明，以及陪审服务的证明。如今我看着这个卡包，发现他当时随身带着不少卡片：纽约州驾照，二〇〇四年五月二十五日到期；大通银行 ATM 卡；美国运通卡；富国银行万事达信用卡；大都会博物馆会员卡；美国作家协会西部分会卡（当时正值奥斯卡金像奖的投票季，作家协会的卡可以用来免费看电影，他肯定是去看过一部电影，但我记不清了）；医疗卡；地铁卡；由美敦力公司发放的卡片，上面有"我植入了卡帕 900SR 起搏系统"的说明、设备序列号、植入这个系统的医生的电话号码，以及"植入日期，二〇〇三年六月三日"。我记得将他口袋里的现金和我包里的现金合在一起，抚平那些纸币，小心地将二十美元、十美元、五美元，以及一美元的纸币分别放到一起。我记得自己在做这件事情的时候想着，他会明白我能够处理好这一切。

　　当我在纽约医院急救室挂着帘子的那个隔间里看到他

时，他前排的牙齿断了一颗。我猜是他摔倒时撞断的，因为他的脸上还有瘀伤。第二天，当我在法兰克·E.坎贝尔殡仪馆查看他的遗体时，这些瘀伤已经变淡了。我突然意识到，当我说不要做防腐处理时，入殓师曾说"这样的话，我们就将他简单清理一下"，这话的意思应该就是掩盖这些瘀伤。跟入殓师的交谈好像非常遥远。我来到法兰克·E.坎贝尔殡仪馆时，决心避免任何不合宜的反应（流泪、愤怒、发出像奥兹国一样的寂静中那绝望的笑声），于是我关闭了自身的一切反应。我母亲死后，处理她遗体的入殓师在灵床上留下了一朵人造玫瑰。我的兄长感到自己被深深地冒犯了，并将这件事情告诉我。我会武装好自己，抵御一切人造玫瑰。我记得自己就棺材的问题果断地做出决定。我记得签署文书的办公室里摆放着一座古老的大钟，约翰的侄子托尼·邓恩当时陪在我身边，他提到那口钟已经停摆了。入殓师似乎很高兴能有机会聊聊这个摆设，解释说这座钟已经停了很多年，但它是对公司前身的"某种纪念"，所以被保留了下来。他说话的口吻仿佛将这座钟当成了某种教益。我当时在专心思考金塔纳的事情。我可以屏蔽掉入殓师的话语，却屏蔽不掉我在想金塔纳时听到的如下诗句：尔父卧于五英寻深处 / 他的双眼已化作珍珠。[①]

[①] 出自莎士比亚的剧作《暴风雨》。

八个月后，我询问我们那栋楼的管理员，是否还保留着去年十二月三十日的门禁日志。我知道有这么一份日志存在，三年来我一直是大楼管委会的主席，门禁日志是大楼管理流程的一部分。第二天，管理员就把十二月三十日的那一页发给了我。根据这份日志，当晚值班的门卫是迈克尔·弗林和瓦西里·约内斯库。我对此毫无印象。瓦西里·约内斯库从齐奥塞斯库治下的罗马尼亚流亡至美国，而约翰则是在康涅狄格州西哈特福市长大的爱尔兰基督徒，他们会在电梯里开玩笑，那套例行的说辞是基于他们对故作政治姿态的共同喜好。"那么，本·拉登到底藏在哪里？"当约翰走进电梯时，瓦西里会开口说道，而接话的要点在于提出不太可能的猜想："本·拉登有没有可能藏在阁楼里？""藏在复式小楼里？""藏在健身房里？"当我在日志里看到瓦西里的名字时，我发现我甚至不记得，在十二月三十日傍晚，当我们从贝斯以色列北院归来时，他有没有和往常一样地开过这个玩笑。当晚的日志只有两个条目，尽管每年这个时候，楼里的大部分人都会去更温暖的地方度假，但这也比往常要少。

　　记录：医护人员在晚上九点二十分抵达。邓恩先生在晚上十点零五分被送去医院。

记录：A-B 客梯的灯泡坏了。

A-B 客梯就是我们平时搭乘的电梯，是医护人员在晚上九点二十分上来时搭乘的电梯，是他们在十点零五分将约翰（和我）送进楼下救护车时搭乘的电梯，是我在一个没被记录下来的时间独自返回公寓时搭乘的电梯。我没有注意到电梯里的灯泡坏了，也没注意到医护人员在我们家待了四十五分钟之久。在我的描述中，那段时间一直都是"十五到二十分钟"。如果他们确实待了那么久，那是否意味着他当时还活着？我向一位熟识的医生提起了这个问题。"有时候他们是得操作这么久。"他回答道。过了好一会儿，我才意识到这根本没有回答我的问题。

当我拿到死亡证明时，上面给出的死亡时间是二〇〇三年十二月三十日晚上十点十八分。

在我离开医院前，他们问我是否许可对遗体进行尸检。我回答说可以。后来我在某处读到，医生认为，在患者死亡后的惯例流程中，向未亡人提请尸检许可是非常微妙而敏感的一个步骤，也常常是最为困难的一个步骤。许多研究（譬如 J.L. 卡茨和 R. 加德纳，《实习医生的窘境：提出尸检许可的请求》,《医学精神病学》,一九七二年第三期:第197~203页)显示,医生在提出这个请求时往往会体验到相当可观的焦虑情绪。他们明白尸检对医学研究和教学至关重要,但同样明白这一流程会触及一种原始的恐惧。如果纽约医院那位请求我许可尸检的工作人员体会到这种焦虑,那么我原本可以免除他或她的焦虑:我会主动要求进行尸检。虽然我在做调研工作的过程中见过几例尸检,但仍然会主动要求。我确切地明白尸检包含的内容,胸腔会像砧板上的鸡一样敞开,面部会被剥下来,还有称量内脏的天平。我见过命案侦探别过脸,不忍观看尸检的过程。但我还是会要求尸检。我需要了解生命结束的方式、原因和时间。事实上,在他们进行尸检的时候,我希望自己能够在场(我和约翰一起观摩过其他人的尸检,我没能观摩他的尸检,是我亏欠了他,而当时的我无比确定,如果躺在手术台上的是我,那么他一定会在场),但我没有能够理性地表达出这种想法的自信,所以我什么都没有问。

如果救护车是在十点零五分离开我们住的大楼,而死亡时间为十点十八分,那么中间的这十三分钟不过是在登记,都是官僚做派,以确保医院的流程得到遵守,手续都办理妥当,有合适的人员来做善后工作,向冷静的未亡人通报结果。

后来我发现，这一善后工作被称作"宣告"（宣告：晚上十点十八分）。

我必须相信他从一开始就救不回来了。

如果不相信他从一开始就救不回来了，那我肯定会思索，我本该能够挽救他的性命。

直到看到尸检报告时，我还在坚持这种想法，这是一种典型的自欺，它有着无穷的力量。

在他过世前的一两周，有一次我们在一家餐厅吃饭，约翰让我在笔记本里帮他记点东西。为了记笔记，他身上总会带着几张六英寸长三英寸宽的卡片，上面印着他的名字，能够塞进外套的口袋里。那次吃饭时，他想到了一些试图记住的想法，但他翻了翻口袋，却发现自己没带卡片。我需要你帮我记点东西，他说道，还说这是关于他新书的一个想法，跟我的没关系。他强调了这一点，因为当时我正在为一本体育图书做调研工作。他口述的笔记如下："比赛结束后，教练通常会出来说'你表现得非常好'。如今他们却用起了州警察的用语，好像运动员是在打仗，而他们则是军人。体育运动的军事化。"当我在第二天将笔记拿给他的时候，他说："你想用的话只管拿去用。"

他这番话是什么意思？

他知道这本新书已经写不出来了？

他是否有某种先见，或看到了某种预示？那天晚上，他为什么会忘带笔记卡片？当我自己忘带笔记本的时候，他难道不是警告过我，灵感降临时能不能做好笔记，正是具不具备写作能力的表现吗？那个晚上，是否有某种东西在告诉他，他具备写作能力的时间就要消耗殆尽？

某个夏天，我们住在布伦特伍德帕克，我们养成了每到下午四点就停笔，去泳池休息的习惯。他会站在水中读书（那个夏天他重读了几遍《苏菲的选择》，试图理清这本小说的写作技巧），而我会在花园里劳作。那是一片小花园，只有一点点大，一条碎石小径从中穿过，其间有一株玫瑰，还有几块点缀着百里香、银香菊和野甘菊的苗圃。几年前，我便说服约翰辟出一块田地，培育一片花园。他之前从未对园艺表现出任何兴趣，所以当他对最终成果表现得喜出望外时，我还是挺惊讶的。在那些夏日的午后，我们会赶在五点前在泳池里游游泳，然后裹着浴巾走进书房，收看当时正在离网重播①的一部BBC电视剧，名叫"战俘集中营"。故事的主人公是几位英国女子（其中一位主角幼稚而又自私，而对另一位主角的构思似乎参考了《忠勇之家》②的女

①美国电视的一种节目形式，由节目制作公司将节目贩卖给电视台，多数用于日间播放。
②该片获得了第十五届奥斯卡金像奖最佳影片、最佳导演奖，女主角米尼佛夫人兼具智慧和勇气。

主角），她们于第二次世界大战期间在马来西亚被日军俘获，剧情尽管俗套，但还差强人意。每个下午看完《战俘集中营》之后，我们会上楼继续工作一两个小时，约翰的书房在楼梯顶端，而门厅对面那个四面玻璃的阳台则成了我的书房。等到七点或七点半，我们出门吃晚饭，通常都会光顾默顿餐厅。那个夏天，默顿是个如意之选。我们总会点鲜虾墨西哥烤饼和黑豆鸡肉。那边的顾客总有我们认识的人。餐厅凉爽、雅致，里面有些昏暗，不过你可以看到外面的暮色。

那个时候，约翰已经不喜欢在晚上开车了。后来我发现，这也是他更想待在纽约的一个原因，他的这个意愿，在当时的我看来是玄妙难解的。那个夏天的一个夜晚，我们在安西娅·西尔伯特①位于好莱坞卡米罗大街的宅邸吃过晚饭，他要求由我来开车回家。我记得当时曾想过这事有多么不同寻常。我们曾在一九六七年至一九七一年间住在富兰克林大道的一栋房子里，而安西娅的住所仅仅隔了一个街区，所以这根本不存在找路的问题。发动引擎时，我突然意识到，当约翰也在车里的时候，由我驾驶的次数用手指头都能数得清。我还能记得的只有另外一次，我们从拉斯维加斯开车前往洛杉矶，我在夜里接替他开了一段。他坐在我们当

_____

① 美国服装设计师，两次荣获奥斯卡最佳服装设计奖。

时开的科尔维特的副驾驶座上睡着了。醒来后他睁开眼睛。过了一小会儿，他小心谨慎地说："换作我也许会开得慢一点。"我完全没意识到车速有什么不正常，然后扫了一眼车速表：我开到了一百二十迈。

然而。

开车穿越莫哈韦沙漠完全是另一回事。在此之前，但凡在城镇里，他从来没有要求过我在晚饭后开车回家，卡米罗大街的那个夜晚史无前例。而当我驱车四十五分钟回到布伦特伍德帕克时，他夸我"开得不错"，这同样史无前例。

在他去世的那一年里，他好几次提到有泳池、花园和《战俘集中营》相伴的那些午后。

菲利普·阿里耶斯在《面对死亡的人》里指出，当死亡出现在《罗兰之歌》中时，它的根本特征在于，即便死亡忽然而至，或者意外降临，"也会对它的到来发出预警"。高文被人问及："啊，我的好老爷，您觉得您能活多久呢？"高文回答说："我告诉你我活不过两天。"阿里耶斯写道："无论是他的医生、他的朋友，还是那些牧师（后者当时缺席，且被人遗忘），都不如他知道得多。只有将死的人知道他还剩下多少时光。"

你坐下吃晚饭。

"你想用的话只管拿去用。"在我把约翰一两个星期前口述的笔记递给他时，他这么说了。

然后——就没了。

丧恸，当它来临时，与我们的预期完全不同。它同我在父母过世时感受到的丧恸不同：我父亲在他八十五岁生日前几天过世，我母亲在她九十一岁生日前一个月过世，两人在生前的最后几年都越发衰弱。我在这两次生离死别中感受到的是悲伤、孤独（一个被遗弃的孩子的孤独，无论她多少岁），以及悔恨，悔恨逝去的时光，悔恨没能说出口的话语，悔恨自己无能为力、没法分担，甚至到最后都没法真切地体会他们两人承受的痛苦、无助和肉体上的羞辱。我明白他们的离世无可避免。我一生都在等候（担心、惧怕和预期）这些死亡。可当它们发生时，却与我有所隔阂，和我正在进行的生活远远隔开了。我母亲死后，我从芝加哥收到一封朋友的来信，他过去曾是玛利诺外方传教会的一位神父，他准确地道出了我的感受。他写道："即便我们做好准备，真的，即便我们也到了这样的年岁，父母去世还是会触及我们心底，激发出令我们自己都惊讶的反应，它可能将那些我们深埋已久的记忆和情感都释放出来。在那段被他们称作哀悼的含混时期，我们也许正像是身处潜艇之中，沉默地躺在海底，意识到周围的深水炸弹，时远时近地用回忆对我们实行打击。"

我的父亲过世了，我的母亲过世了，过不了多久，我也该留意自己的死期了，但我依然会在早晨起床，把脏衣服送去洗涤。

我依然会为复活节午餐准备菜单。

我依然会记得给我的护照延期。

丧恸则不同。丧恸没有隔阂。丧恸像海浪，像疾病发作，像突然的忧惧，令我们的膝盖孱弱，令我们的双眼盲目，并将抹消掉生活的日常属性。基本上每一位体会过丧恸的人，都会提及"海浪"的症状。埃里克·林德曼曾在上世纪四十年代主持麻省综合医院的精神病科室，他采访过许多位"椰林夜总会大火"事件的死者家属，并在发表于一九四四年的知名研究成果中，以绝对的特异性定义了这一症状："躯体不适的感觉像海浪一般袭来，持续二十分钟到一个小时，喉咙发紧，因为透不过气而窒息，总想要叹气，有空腹感，肌肉无力，以及强烈的主观不适，通常被描述为紧张或精神痛苦。"

喉咙发紧。

窒息，总想要叹气。

在二〇〇三年十二月三十一日的早晨，在死亡已成事实的七八个小时后，当我独自在公寓里醒来，这些海浪开始向我袭来。我不记得自己是否在前一夜哭过；事发之时，我进入了某种惊怵的状态，那个时候的我只能想到，肯定还有一些事情是我应该做的。当医护人员在客厅里施救时，确实有一些事情是我应该做的。比如说，我应该取出约翰的病史概述，这样就能把它带去医院。比如说，我应该熄灭炉火，因为马上就要出门了。在医院的时候也有一些事情是我应该做的。比如说，我应该去排队。比如说，我应该想办法安排一张配备遥测设备的病床，如果约翰要转到哥伦比亚长老会医院，他会用得上。

　　而当我从医院回来，仍然有一些事情是我应该做的。我没法一一指明这些事情，但确切地知道其中的一件：我首先应该把事情告诉约翰的兄长尼克。当时天色已经太晚，不方便再给他们住在科德角的长兄迪克（他健康状况不佳，很早就上床休息，我不想用噩耗吵醒他）打电话，但我应该告诉尼克。我完全没有去想该怎么跟他说。我只是坐在床上，拿起话筒，拨了他在康涅狄格的家里的电话。他接起电话。我告诉了他。放下话筒后，我又拿起了它，如今我只能将当时这种行为形容为拨打电话和说出话语的一种新的神经模式。我还不能告诉金塔纳（我们在几个小时前刚探望过她，她现在依然在贝斯以色列北院的重症监护病房里昏迷不醒），但我可以告诉她新婚五个月的丈夫杰里，也可以告诉我的兄长吉姆，他应该待在位于佩布尔比奇的家中。杰里说他要过来看看我。我说没有必要，我不会有事的。吉姆说他马上去订机票。我说没必要想着马上飞过来，我们可以明早再谈。当电话铃声响起时，我正在思考接下来应该做什么。电话来自约翰和我的经纪人琳恩·内斯比特，我想她从上世纪六十年代后期就是我们俩的朋友了。当时我不清楚她是怎么获知的，不过她还是得到了消息（后来我才知道，尼克和她在那几分钟里先后和一位共同的朋友通过电话），而她现在正坐在直奔我们公寓的出租车里给我打电话。从某种层面来说，我得到了宽慰（琳恩办事非常妥帖，会知道我该做些什么），但是从另一个层面来说，我却不知所措：此时此刻，我该如何应对他人的陪伴？我们会做什么，会不会干坐在客厅里，任由注射器、心电电极和血迹残留在地板上，我该不该重新点燃炉火，我们会不会喝点什么，她吃过饭没有？

我吃过饭没有？

那个自问吃过饭没有的瞬间，第一次预示了接下来会发生的事情：那天晚上我发现，只要想到食物，我就会呕吐。

琳恩到了。

我们坐在客厅里远离注射器、心电电极和血迹的地方。

我记得和琳恩交谈的时候，我在思考那摊血迹必定是由摔倒导致的（而我没法将这些想法告诉她）：他脸朝前倒下，我在急救室里看到了他断裂的牙齿，那颗牙齿可能划伤了他的口腔。

琳恩拿起话筒，说她要给克里斯托弗打电话。

我又一次不知所措：跟我关系最好的克里斯托弗是克里斯托弗·迪基[①]，可他当时不是在巴黎就是在迪拜，而且不管他身在何处，琳恩都应该叫他克里斯，而不是克里斯托弗。我发现自己的思绪又飘向了尸检。就在我坐在家里的这个时间段，它可能正在进行。然后我意识到琳恩提及的克里斯托弗，应该是克里斯托弗·莱曼－豪普特，他是《纽约时报》的首席讣告写手。我记得自己感到震惊。我想说还不是时候，可嘴巴却很干涩。我能够应对"尸检"，却还没有想过"讣告"的问题。"讣告"跟"尸检"不同，"尸检"只是约翰、医院和我之间的事情，"讣告"却意味着一切都已然发生。我发现自己在思索这一切是否也发生在洛杉矶，却一点也不觉得自己失去了逻辑。我试图回想他死亡的时间，计算洛杉矶是不是已经过了这个时间。（还有时间回到过去吗？在太平洋时区会不会有一个不同的结局？）我记得自己当时被一种迫切的需求抓住了，不想让《洛杉矶时报》的任何

①《野兽日报》驻巴黎的世界新闻编辑。

人通过阅读《纽约时报》才获知发生的一切。我给我们在《洛杉矶时报》最亲密的朋友蒂姆·卢顿打了电话。几乎不记得我和琳恩还做了其他什么事情，只记得她说要留下来过夜，不过我说不用，我一个人会好好的。

而我一个人确实好好的。

但只持续到次日清晨。当半睡半醒时，我想着为什么床上只有我一个人。一种沉重的感觉出现了。当我和约翰吵了架，第二天早晨醒来时，我便会有同样的沉重感。我们吵架了吗？都吵了些什么，怎么开始的，要是我想不起是怎么开始的，那我们该怎么解决矛盾呢？

然后我想起来了。

在接下来的几周里，这将是我每天早晨醒来的方式。

　　我醒来，感受到黑暗的荒野，不见天日。

在约翰的弟弟自杀身亡后，约翰从杰拉尔德·曼利·霍普金斯的几首诗中摘出几个句子，拼成了这首即兴的祷文，上文是其中的一句。

　　噢，心灵，心灵中的山峦；满是悬崖峭壁，
　　壁立千仞、令人胆颤、幽深莫测。

希望未曾亲历的人，能将它藐视。

我醒来，感受到黑暗的荒野，不见天日。

而我希望能够去到

暴风雨不能侵袭的地方。

　　我坚持要在第一夜独处，在当时看来似乎出自一种原始的本能，然而现在的我明白，它背后的原因其实复杂得多。我当然清楚约翰已经死了。我当然已经把确定的消息传达给他的兄长、我的兄长，还有金塔纳的丈夫。《纽约时报》知道。《洛杉矶时报》知道。但我自己却完全没有做好准备，将它当作最终的消息接受下来：在某个层面，我相信发生的一切仍然可以逆转。那便是我需要独处的原因。

　　在第一夜之后的几星期里，我始终都有人陪伴（吉姆和他的妻子格洛丽亚会在第二天从加利福尼亚坐飞机赶来，尼克会回到城里，托尼和他的妻子罗斯玛丽会从康涅狄格南下，何塞取消了拉斯维加斯的行程，我们的助手莎伦会中断滑雪的消遣提前回来，屋子里永远都会有人），然而我需要在第一夜独处。

　　我需要独处，这样他就能够回来。

　　我的奇想之年便从这一刻开始。

3

丧恸令精神发生错乱的力量，实则在文献中有详尽的记述。弗洛伊德在一九一七年发表了《哀悼与忧郁》一文，他告诉我们：丧恸的行为"意味着要向正常的生活态度致以严肃的告别"。然而他指出，即便是在各种错乱中，丧恸依然有其独特之处："当它出现在我们身上时，我们从来都不会将它当作一种病症，因而也不会寻求医疗帮助。"相反，我们倚仗"时间的流逝来克服这一切"。我们认为"任何干涉都于事无补，甚至会带来害处"。梅拉妮·克莱因则在一九四〇年发表了《哀悼及其同狂躁型抑郁的关系》一文，并在其中写下了近似的判断："哀悼之人实际上生了病，但由于他的精神状况在我们看来很常见、很自然，于是我们不会将哀悼称作一种疾病……用更精确的话来说，我的结论便是，我认为哀悼主体经历了一段披上了伪装的较为短暂的躁郁状态，并最终克服了它。"

请注意他们对"克服"的强调。

当时已是仲夏，离那个我需要独处，好让他能够回来的夜晚已经有好几个月了，可我还没意识到，在冬去春来中，我其实常常无法理性地思考。我的思维方式犹如一个稚嫩的孩童，仿佛我的想法或是愿望能逆转故事的走向，改变最终的结局。但是我混乱的思绪十分隐蔽，我想没有任何人曾注意到它，甚至瞒过了我自己，可是当我回头观望，这种思绪不但迫切，而且十分频繁。当我回头观望时，发现其实有很多迹象、很多警示旗都是我本该注意到的。比方说讣告，我没法阅读那些文字。这一现象从十二月三十一日第一篇讣告刊登起，一直持续到二〇〇四年二月二十九日的奥斯卡之夜，一直到我在奥斯卡"悼念"短片中看到了约翰的照片。当我看到这张照片时，才第一次意识到，为什么那些讣告令我如此困扰。

我竟然允许别人认为他已经死掉了。

我竟然允许他被活生生地埋葬了。

还有一面警示旗：在某个时间点（二月末或三月初，在金塔纳出院之后，但还没举行约翰的葬礼，得先等她康复），我突然想到应该把约翰的衣物都送走。之前许多人都跟我提到过送走衣物的必要性，通常都是出于善意，但事实证明他们想要帮这个忙的好心是办了坏事。我对此非常抗拒。我不知道为什么。我记得在父亲过世后，我曾协助母亲将他的衣物分成几摞，有几摞送给亲善公司，而"更好"的那几摞则送给慈善二手商店，我的嫂子格洛丽亚在那家店里做志愿工作。在母亲过世后，我、格洛丽亚、金塔纳，以及格洛丽亚和吉姆的几个女儿也用同样的方法处理了我母亲的衣物。它变成了某种义务，变成了丧事的一部分。

我开始着手这件事情。先清理了一个架子，上面堆放着约翰的长袖运动衫、短袖T恤衫，以及我们清晨在中央公园散步时他穿的衣服。我们每个清晨都去散步。我们散步时不总是走在一起，因为对路径各有不同的偏好，不过我们都记着对方散步的路径，会在离开公园时碰头。这个架子上的衣服对我来说太熟悉了，跟我自己的衣服没什么分别。我停下思绪，留下了几件（一件褪色的长袖运动衫，我对这件衣服有深刻的印象；一件峡谷牧场牌短袖T恤衫，这是金塔纳从亚利桑那给他买的），但将架子上的大多数衣物都塞进几个袋子里，然后将袋子送到了街对面的圣詹姆斯圣公会教堂。有了前面的铺垫后，我打开了衣橱，装满了更多袋子：新百伦牌运动鞋、二十四小时牌皮鞋、布克兄弟牌短裤，以及一袋又一袋的袜子。我把这些袋子也拿给了圣詹姆斯教堂。几星期后的一天，我又拿着许多袋子走进约翰的书房，那里也放着很多衣物。我还没准备好处理西装、衬衫和外套，但我想可以处理掉剩下的鞋子，以此作为开始。

我停在了他的书房门口。

我没法送走他剩下的鞋子。

我在那里站了片刻，然后意识到原因：如果他还回来的话，他会用得上这些鞋子。

不过，承认这个想法的荒唐完全不能令我摈弃这想法。

现在的我仍未去试探（比如通过送走鞋子）这个想法是否已经失去了魔力。

现在回头想想，我发现尸检本身就是这种想法初次登场。在我如此坚定地许可尸检的背后，有着很多想法，其中的确有一层错乱的意味。我试图说服自己，尸检会表明约翰身上出的是一个简单的小问题。那也许不过是一时的血管阻滞或心律失常。它也许只需要微小的调整：在用药上稍作变更，或者重新设置一下心脏起搏器。按照我的设想，在这种情况下，他们也许还能把约翰救回来。

我记得在二〇〇四年的总统大选中，特雷莎·海因茨·克里 ① 在一次访谈中谈及她第一任丈夫突然过世，令我深受

① 约翰·克里的妻子，约翰·克里曾在 2004 年代表民主党参加总统大选，败给了乔治·W. 布什。

触动。她在访谈中说，当约翰·海因茨坠机身亡之后，她有非常强烈的感受，"想要"离开华盛顿，回到匹兹堡去。

她当然会"想要"回到匹兹堡去。

因为他要是回来的话，才不会回到华盛顿，而是会回到匹兹堡。

尸检其实并不是在医院宣布约翰死亡的当晚进行的。

尸检直到第二天上午十一点才开始。我现在意识到，只有在纽约医院那个陌生人十二月三十一日上午给我打过电话后，尸检才可能进行。打来电话的并不是"我的社工"，不是"我丈夫的医生"，不是我和约翰之间说的"我们刚在大桥见过的朋友"。"不是我们刚在大桥见过的朋友"是我们家的暗语，来自他姨妈哈丽雅特·伯恩斯，她用这话来形容又撞见了最近遇到的陌生人。比方说，在西哈特福德的朋友商店，又撞见了在巴尔克利大桥别她车的那辆凯迪拉克赛威，她就会说：这是"我们刚在大桥见过的朋友"。当我拿着电话听着这个人说话时，约翰就在我的脑海里说道："这不是我们刚在大桥见过的朋友。"我记得这个人说了些慰问的话，记得他客气地提供帮助。他似乎在回避什么话题。

然后他说，他打来电话是为了询问我是否愿意捐献我丈夫的器官。

在那个瞬间，有好几件事掠过了我的脑海。第一个在我脑中浮现的词是"不行"。就在同一时间，我想起金塔纳曾在一次晚餐时提起，她给驾照延期时，决定要当一名器官捐献者。她问约翰有没有这么做。约翰说他没有。然后他们讨论了这个话题。

　　我把话题转移了。

　　我没有办法设想他们的死，无论是他们之中的哪一个。

　　电话另一头的人仍然在说话。我正在思考：如果金塔纳今天死在了贝斯以色列北院的重症监护病房里，也会有这么一个电话打给我吗？到时候我该怎么办？我现在又该怎么办？

　　我听见自己对电话另一头的人说，我和我丈夫的女儿还处于昏迷中。我听见自己说，我们的女儿甚至还不知道父亲已经过世了，在这种情况下，我没法做决定。在当时的我看来，这似乎是一个合乎情理的回答。

　　可是直到挂断电话，我才意识到这个回答根本就不合乎情理。但这个想法又立即（而且是有助益地——请注意我认知系统的白细胞在一瞬间活跃起来）被另一个想法迎头赶上：这通电话里有些东西说不通。这通电话里有自相矛盾的地方。这个人在跟我谈论器官捐献，但到这个份上，已经获取不到派得上用场的器官了：他们并没有对约翰使用生命维持系统。当我在急救室那个挂着帘子的隔间看到他时，他身上并没有生命维持系统。牧师到来时，他身上也没有生命维持系统。所有器官应该都已经停止运转了。

然后我又想起来：在一九八五年或是一九八六年，我曾和约翰一同去过迈阿密达德县的验尸官办公室。有一位眼库的工作人员正在给适合摘除角膜的尸体做标记。迈阿密达德县验尸官办公室里的这些尸身并没有生命维持系统。那么纽约医院的那个人想说的只是取走角膜，取走眼睛。那为什么不直接这么说呢？为什么要误导我？为什么他打来这通电话，却不直接说"我们要眼睛"？我走到卧室，从箱子里取出社工昨晚交给我的那个银色卡包，然后查看约翰的驾照。驾照上写着：眼睛，蓝色，捐献限制，须佩戴矫正镜片。

为什么他打这通电话，却不直接把想要的东西说出口？

他的双眼。他蓝色的双眼。他带有瑕疵的蓝色的双眼。

而我想要知道的是

你喜欢你的那个蓝眼睛男孩吗

死神先生

在那个早晨，我想不起这些诗句到底出自谁的手笔。我当时认为是 E.E.卡明斯，但不能确定。我没有卡明斯的全集，但在卧室的诗集书架上找到了一本选集，那是约翰过去用的课本，出版于一九四九年。当时他父亲刚过世，而他将被送去朴茨茅斯修道院学校，这是一所靠近纽波特的本笃会寄宿学校。

（他父亲在五十出头的年纪死于突发的心脏病，我本该引以为戒。）

如果我们碰巧来到纽波特附近，约翰就会带我去朴茨茅斯，在晚祷时聆听格里高利圣咏。这是一件能打动他的事。这本选集的衬页上写有他的名字"邓恩"，小小的文字书写得很细致，然后同样的笔迹还用蓝色钢笔水写下了几项学习指南：一、这首诗有什么含义，其中包含什么样的体验？二、这种体验能够将我们引向什么样的思考和反思？三、这首诗作为一个整体，能够激发或造成什么样的情绪、感觉和情感？我将书放回书架上。过了好几个月，我才记起要去确认这些诗句的归属，它们确实出自 E.E.卡明斯之手。同样过了好几个月，我才意识到，我对这位纽约医院陌生来电者的怒火，以另一种形式反映出尸检的请求本该在我身上唤醒的原始恐惧。

这其中有什么含义，包含什么样的体验？

这种体验能够将我们引向什么样的思考和反思？

如果他们取走他的器官，他还怎么能再回来？如果他没有鞋子，他还怎么能再回来？

4

从绝大多数比较表面的层次上来说，我看似理性。对多数旁观者而言，我看似能够完全理解死亡是无力回天的。我已经许可了尸检。我已经安排了火化。我已经安排将他的骨灰捡拾起来，送到圣约翰大教堂，一旦金塔纳苏醒过来，恢复到可以出席葬礼的程度，他的骨灰就会被放到主祭坛边的灵堂里。而在此之前，我和兄长曾将我们母亲的骨灰供奉在那里。我已经安排好将刻有她名字的大理石板取下来重刻，加上约翰的名字。最后，在三月二十三日，他病逝近三个月后，我目睹了他的骨灰被放进墙里，换上了新刻的大理石板，并举行了仪式。

我们为约翰安排了格里高利圣咏。

金塔纳要求圣咏用拉丁文吟唱。约翰肯定也会这么要求的。

我们安排了一段高亢的小号独奏。

我们请来了一位天主教神父和一位圣公会牧师。

卡尔文·特里林[①]讲了话。戴维·哈尔伯斯坦[②]讲了话。金塔纳的挚友苏珊·崔勒[③]讲了话。苏珊娜·穆尔[④]朗读了一段《东科克》："人学着驾驭文词 / 是为了跳脱不必言说之事 / 以及不愿言说的方式。"尼克朗读了卡图卢斯的《悼其兄之死》。金塔纳尽管仍旧虚弱，声音却很沉稳，她身穿黑色连衣裙，站在她曾于八个月前举行婚礼的教堂里，朗读了一首她为父亲而作的诗。

这些事情我都完成了。我承认他已经死亡。我尽可能以公开的方式办完了这些事情。

即便到了这个时候，我仍然疑虑重重、游移不定。在春末或是夏初的一场宴会里，我偶遇了一位出色的学院派神学家。席间有人就信仰提出疑问。神学家论及仪式本身就是信仰的一种形式。我表面上虽然没有做出任何反应，但内心这股暗涌即便在我自己看来都是负面、猛烈和过度的。后来我意识到，我那一刻的想法是：可我完成了仪式。我从头到尾都完成了。我去了圣约翰大教堂，我安排了拉丁文圣咏，我请来了天主教神父和圣公会牧师，我们朗诵

---

① 美国记者，幽默作家。
② 美国著名记者、作家和历史学家，曾荣获普利策奖。
③ 美国女演员，曾出演《盗火线》。
④ 美国作家，1999 年荣获美国文学艺术学会颁发的文学奖。

了"在你看来，千年如已过的昨日"①，我们还朗诵了"愿天使指引你走进天堂"。

然而所有的一切却不能将他带回来。

在那几个月里，"将他带回来"一直都是我隐蔽的关切，是我内心的小把戏。时至夏末，我开始能够清晰地洞察自己的思绪。然而"清晰地洞察"也不能令我放弃他可能需要的那些衣物。

我从孩提时就被训练过，每当遭遇困难，就去阅读、去学习、去查阅资料。信息将带来掌控。丧恸尽管在苦难中最为常见，有关它的资料却少得异乎寻常。C.S. 刘易斯在妻子死后写下日记，题作"静观丧恸"。小说中也会偶尔出现丧恸，比如托马斯·曼在《魔山》里描绘了妻子的死亡对赫尔曼·卡斯托尔普产生的影响："他精神混乱了；他整个人都萎靡了；麻木的大脑令他在处理事务时频频犯错，致使卡斯托尔普父子公司蒙受了重大的经济损失；第二年春天，他在狂风大作的码头上检查仓库时，感染了肺炎。他颤抖的心脏扛不住高烧，即便有海德金特医生悉心照料，不出五天，他就病逝了。"古典芭蕾舞中，有那些被死者遗弃的爱人试图寻其所爱并令其复生的场景，有蓝色灯光、

---

① 出自《圣经·诗篇》（90:4）。

白色舞裙，以及预示着所爱之人终将回归死亡的双人舞：
阴影之舞。还有一些诗歌，事实上很多诗歌都以悼亡为主题。
曾有那么一两天，我以马修·阿诺德的《被遗弃的人鱼》为
心理寄托：

> 孩子们的声音（再次呼喊）
> 必定令母亲的双耳倍感亲切；
> 孩子们的声音，痛苦的呼号——
> 她必然会再回来！

还有几天，我又将感情寄托于 W. H. 奥登的《葬礼蓝调》
（选自戏剧《攀登 F6 高峰》）：

> 停掉所有时钟，拔掉电话线，
> 用肥美多汁的骨头，止住那叫唤的狗，
> 止息钢琴的声响，敲起低沉的鼓，
> 抬出死者的棺木，让送葬者悉数现身。

在我眼里，这些诗歌和阴影之舞才是对死亡最确切的
表述。

这些文艺作品用抽象的方法表现丧恸的狂暴和痛苦，

除开它们，还有大量的通俗读物，指导人们该如何应对这样的状况，有的实际，有的励志，但全都无济于事。（别酗酒，别拿保险金重新整饰客厅，要参加互助小组。）于是便只剩下专业的文献，精神病学家、心理学家和社会工作者站在弗洛伊德和梅拉妮·克莱因的肩膀上，做出了相当详尽的研究，而我很快就发现，自己开始转而求助于这些文献。从这些文献中，我发现了很多我其实经历过的体验，从某种程度上来说，这种印证给予我宽慰，以外在的视角向我确认，那些我仿佛经历的体验并非出自想象。我阅读了国家科学院医学研究院在一九八四年编写的《丧亲之痛：反应、影响和看护》，从中认识到，丧亲所引发的即刻反应中，最常见的有震惊、麻木和难以置信的感觉："主观上讲，失去亲人的人们也许会觉得他们像是被包裹在虫茧或毛毯里；在别人看来，他们的表现像是能够挺得住。实则这是死亡的现实尚未穿透意识，令失去亲人的人们表现得仿佛尚且可以接受亲人的死亡。"

于是，我们就有了"特别冷静的未亡人"效应。

我继续阅读。J.威廉·沃登在麻省综合医院从事"哈佛儿童丧亲研究"，我从他的研究中读到，当海豚的伴侣死亡时，它们会拒绝进食。还有观察发现，当鹅丧偶时，它们的反应通常是不断地飞翔、鸣叫和寻找，直到迷失方向，最后不知所终。而人类（我读到这里，早已心知肚明）会出现类似的反应模式。他们会寻找。他们会拒绝进食。他们会忘记呼吸。他们会因为偏低的氧浓度而眩晕，他们隐忍的眼泪会阻塞鼻窦，最后却莫名其妙地因为耳部感染，而不得不走进耳鼻喉专家的科室。他们没法集中注意力。"一年之后，我才能读懂新闻标题"，一位朋友这样告诉我，她的丈夫已经去世三年了。他们会失去所有的认知能力。他们就像赫尔曼·卡斯托尔普那样，在处理事务时频频犯错，蒙受巨大的经济损失。他们会遗忘自己的电话号码，到了机场却忘带身份证。他们会生病，会失败，甚至会像赫尔曼·卡斯托尔普那样紧随爱人死去。

前赴后继的研究都记录下了丧恸这一"濒死"的侧面。

此后我在清晨去中央公园散步时，开始携带身份证，以免这样的结局也降临到我头上。

如果洗澡时电话响了，我不再赶过去接听，以免跌倒在瓷砖地板上死去。

我发现其中有些研究声名斐然。它们是医学界的代表和标杆，是我读到的所有著述的参考资料。比方说扬、本杰明和沃利斯刊于《柳叶刀》一九六三年第二期第四百五十四页至四百五十六页的文章。这项研究涉及英国四千四百八十六位新近丧偶的鳏夫，对他们进行了为期五年的跟踪，发现"这些鳏夫在丧偶后前六个月的死亡率明显高于已婚男性"。还有里斯和卢特金斯刊于《英国医学杂志》一九六七年第四期第十三页至十六页的文章。这项研究涉及九百零三位丧偶家属和八百七十八位并未丧偶的对照组，对他们进行了为期六年的跟踪，发现"死者的配偶在丧偶第一年的死亡率明显高于对照组"。医学研究院在一九八四年编写的著作中对这种高死亡率作出了功能性的解释："截至目前的研究表明，丧恸同许多其他压力源一样，常常会导致内分泌系统、免疫系统、自主神经系统和心血管系统的改变，而所有这些系统从根本上都受大脑功能和神经递质的影响。"

我还从这些文献中学到，丧恸其实分为两种。相对被大家接受的那一种叫"简单丧恸"或"正常丧亲"，它同"成长"和"发展"联系在一起。据《默克诊疗手册》第十六版记载，即便是简单丧恸，依然会典型地表现出"焦虑症状，比如轻度失眠、焦躁不安，以及自主神经系统亢奋"，但"通常不会引发临床抑郁症，除非丧亲者本身有情绪障碍的倾向"。另一种丧恸则是"复杂丧恸"，这本著作还将其称作"病理性丧亲"，并认为它可以由各种各样的情况引发。我反复读到的是，病理性丧亲可能会出现在如下情况中，即丧亲者同死者之间有着超乎寻常的依赖关系。"丧亲者是否在快乐、支持和自尊方面非常依赖死者？"哥伦比亚大学精神病学系医学博士戴维·佩雷茨建议将上述问题作为一项诊断标准。"当生离死别发生后，丧亲者是否感到无助？"

我仔细考虑了这些问题。

一九六八年，我曾意外地需要在旧金山待上一晚（当时我在做一个项目，外面大雨瓢泼，本该在下午进行的采访被推迟到了第二天上午），约翰从洛杉矶搭飞机赶来，与我共进晚餐。我们去厄尼餐厅吃了饭。饭后约翰搭乘太平洋西南航空公司的"午夜航班"返回洛杉矶国际机场。"午夜航班"是那个年代在加利福尼亚才有的一项便利服务，只要花十三美元，就能从洛杉矶飞到旧金山、萨克拉门托，或者圣何塞，往返也只要二十六美元。

我想着太平洋西南航空公司。

太平洋西南航空公司的所有飞机都在机首画有笑脸。空姐们都穿着桃红色和橘色的迷你裙，那裙子带有鲁迪·基诺里奇 [①] 的设计风格。太平洋西南航空公司标志着我们人生的一个时期，在那个时候，我们放肆地生活，多数事物都没有负面结果；它也代表了一种情绪，无须斟酌，就可以飞越七百英里，只为吃一顿晚饭。这种情绪在一九七八年走到尾声，太平洋西南航空公司的一架波音 727 在圣迭戈

① 奥地利裔美国前卫时装设计师。

上空与一架赛斯纳172相撞，致使一百四十四人丧生。

当这起事故发生时，我意识到自己完全忽略了这样任性地搭乘他们的航班隐含的风险。

而如今我又发现，我们的疏忽还不只是任性地搭乘飞机。

在只有两三岁的金塔纳搭乘太平洋西南航空公司的航班去萨克拉门托看望我的父母亲时，她会说这是"去坐笑脸"。约翰总是将她说过的话写在纸片上，然后放进他母亲送给他的那个黑盒子里。那些纸片仍然存在那个盒子里，放在客厅的桌子上，盒子上画着一只美国鹰，写着"合众为一"①的字样。后来他将金塔纳说过的一些话用在了他的小说《小达奇·谢伊》中。他把这些话编排给达奇·谢伊的女儿卡特，这个孩子在伦敦夏洛特街的一家餐厅同她母亲一起吃饭时，被爱尔兰共和军的一枚炸弹炸死了。以下是他小说的两段节选：

"哪儿呢你在？"她会这么说，还有"上午都去哪儿了？"他会把这些话全都记下来，然后塞进枫木桌的小暗屉里，这张枫木桌是巴里·斯图金送给他和李的结婚礼物……卡特穿着学校的花呢格纹制服。卡特会把她

① E Pluribus Unum，美国国徽上的拉丁文格言。

48

洗澡的地方叫作"洗澡房"，会把幼儿园做实验用的蝴蝶叫作"蝶蝴"。卡特在七岁时就写下了她的第一首诗："我以后要嫁给 / 一个名叫哈利的小鬼 / 他骑着高头大马 / 是个办离婚的行家。"

坏掉的家伙就躲在那个暗屉里。卡特把恐惧、死亡以及未知的事物都叫作坏掉的家伙。她会说，我做了个噩梦，梦到坏掉的家伙。不要让坏掉的家伙抓住我。如果坏掉的家伙过来抓我，我会紧紧抓住栅栏，不会让他把我带走……他想知道在卡特死去之前，坏掉的家伙有没有跑出来吓她。

在《小达奇·谢伊》出版的一九八二年，我没有看明白，现在我明白过来了：这是一本关于丧恸的小说。照医学文献的说法，达奇·谢伊罹患的正是病理性丧亲。他具有以下症状：他沉迷于卡特死去的那个瞬间。他不断地重播那个场景，仿佛回到那个场景中就可以将故事导向不同的结局：夏洛特街上的那家餐厅，生菜沙拉，卡特的淡紫色布面便鞋，那枚炸弹，落在甜品车上的卡特的头颅。他用一个问题反复折磨他的前妻，也就是卡特的母亲：炸弹爆炸时，她怎么就去了厕所？最终，她告诉他说：

你从来就不大认可我作为母亲的角色，但她确实是我带大的。她月经初潮的时候，是我照顾的她，而且我还记得，当她还是个小女孩时，她把我的卧室叫作她甜蜜的双人间，她把意大利通心粉叫作滋滋通心粉，她把我们家的客人都喊作哈罗。她会说"哪儿呢你在"和"上午都去哪儿了"，而你个狗娘养的，你却跟塞耶说，你望女成凤。所以她怀孕的事情只能跟我说，那是意外怀孕，而她想知道自己该怎么办。而我怎么就去厕所了，因为我知道我马上就要哭出来了，我可不想当着她的面哭，我想找个地方把眼泪抹掉，这样我看起来能镇定一些。然后我就听到了爆炸声，我终于从厕所里出来的时候，她早就被炸得四分五裂了，饮料里有她的碎片，大街上也有。而你，你个狗娘养的，你只知道望女成凤。

我相信，约翰会说《小达奇·谢伊》是一本关于信念的书。他开始写这本小说时，已经知道它会如何收尾了，不仅仅是这本小说的结尾，同时还是达奇·谢伊在开枪自杀前思绪的结尾："我相信卡特。我相信上帝。"我信天主。这是天主教教理的第一句话。

那么这本书到底关于信念还是关于丧恸？

信念和丧恸是否相同？

在那个我们一起游泳、一起看《战俘集中营》、一起去默顿餐厅吃晚饭的夏天，我们之间是不是有超乎寻常的依赖关系？

还是说我们只是超乎寻常地幸运？

如果我孤身一人，他还会坐上笑脸回到我身边吗？

他还会说要去厄尼餐厅订个位置吗？

太平洋西南航空公司和笑脸都已不复存在，这家公司被全美航空公司收购，他们把笑脸抹掉了。

厄尼餐厅也已经不复存在，不过曾在阿尔弗雷德·希区柯克的《迷魂记》里有过短暂的复生。詹姆斯·斯图尔特第一次遇见金·诺瓦克，便是在厄尼餐厅。后来她从施洗者圣约翰教堂的钟楼（通过特效也得到短暂的复生）上跌落下来。

我们结婚就是在施洗者圣约翰教堂。

那是一月份的一个下午，一〇一国道旁的一片片果园正鲜花怒放。

那个时候一〇一国道旁还曾有过一片片果园。

不。追忆往昔，只能令你身受重击。一〇一国道旁鲜花怒放的一片片果园不是我面前正确的路径。

在事情发生后的几星期里，我试图默念《罗丝·艾尔默》

的末尾两句，让自己行走在正确的路径上（这条狭路不允许追忆往昔）。沃尔特·萨维奇·兰多在一八〇六年写下这首挽歌，以纪念艾尔默男爵的女儿，她二十岁时便死在了加尔各答。我很久没有想起过《罗丝·艾尔默》了，上一次大约是在伯克利读大学的时候，可现在我不仅想起了这首诗，还想起了在课堂上学习时对它的解析。教授这门课的老师说，《罗丝·艾尔默》意韵深长，因为前四句（"啊，皇族的荣光！／啊，圣洁的形象／所有美德，所有优雅！／罗丝·艾尔默，都归于你名下！"）对死者过分夸大因而毫无意义的褒奖，被末尾两句中"坚硬甜美的智慧"忽然消解，令读者震惊。这表明哀悼尽管有其必要性，却也有其局限："一夜回忆与叹息／我奉献给你。"

"'一夜回忆与叹息'"，我记得那位老师曾重复这个诗句，"一夜。一个夜晚。可能是一整夜，但他却没有说整夜，他说的是一夜，这又不是一生，不过是几个小时罢了。"

坚硬甜美的智慧。既然《罗丝·艾尔默》仍然印刻在我的记忆里，那么很显然，我会像一位大学生那样，相信这是一门将带来救赎的课程。

二〇〇三年十二月三十日。

我们已经去贝斯以色列北院六楼的重症监护病房探望

过金塔纳。

她还要在那里住上二十四天。

复杂丧恸或病理性丧恸并非只会发生在超乎寻常的依赖关系中（这是不是"婚姻""夫妻""母子""核心家庭"的一种表述？）。我在文献中读到，当丧恸过程被"环境因素"打断时，也能引发病理性丧恸，比如"葬礼的推迟"，又或者"其他家庭成员患病或紧跟着死亡"。维米克·D. 沃尔坎教授执教于坐落在夏洛茨维尔的弗吉尼亚大学精神病学系，他在弗吉尼亚大学开发出一种"再度丧恸疗法"，用于治疗那些"确诊的病理性丧恸患者"，以下是我读到的解释。据沃尔坎博士称，在这种疗法中：

> 我们会帮助患者回忆死亡发生的场景：它如何发生，患者面对死亡的消息、查看遗体以及经历葬礼时都有怎样的反应。如果该疗法发挥了作用，那么愤怒便会在这个阶段出现：它首先会散布开来，然后指向他人，最终指向死者。比布林在他的文章中（E. 比布林，《精神分析与动力精神疗法》，《美国精神分析学会杂志》，一九五四年第二期：第 745 页及以后）将"情绪的再体验"称为精神疏泄，它的出现会向患者证明，他身上实际上存在着一些受到压抑的冲动。患者想让

去世的亲人归来，而只要运用好对这种心态牵涉的精神动力学的理解，我们就能解释并解读患者与死者之间的关系。

沃尔坎博士和他在夏洛茨维尔的团队声称，"患者想让去世的亲人归来"，而他们对"这种心态牵涉的精神动力学"有着独到的理解，他们还有特殊的能力，"能够解释并解读患者与死者之间的关系"，可这些理解和能力到底是从哪里来的？你同我和"去世的亲人"一起在布伦特伍德帕克观看《战俘集中营》了吗？你同我们一起在默顿餐厅用过餐吗？事发四个月前，当我和"死者"在檀香山的庞奇包尔时，你在场吗？你同我们一起采摘鸡蛋花，将它们放在珍珠港事件无名死者的坟前吗？事发一个月前，当我们在巴黎的拉尼拉花园淋雨后，你同我们一起感冒了吗？你跟我们一起逃掉莫奈的画展，去康迪吃午饭了吗？当我们离开康迪，买来体温计时，你同我们在一起吗？当我们坐在布里斯托酒店的床上，两人都弄不明白该怎么把摄氏度的读数换算成华氏度的读数时，你同我们在一起吗？

你在现场吗？

你没有。

你也许能帮忙换算一下体温计的读数，但你不在现场。

我不需要"回忆死亡发生的场景"。我就在现场。

我不必获取"消息",我不必"查看"遗体。我就在现场。

我遏制住自己,停了下来。

我意识到自己在将失去理性的怒火指向这位素昧平生的沃尔坎博士。

　　当真正的痛苦袭来时,受到打击的人不仅精神会倾覆,连身体都会彻底失去平衡。无论他们外表看起来多么冷静和克制,任何人在这种状况下都不可能是正常的。紊乱的血液循环使他们身体发冷,苦难使他们神经衰弱、无法入睡。他们会远离平日喜欢的人。任何人都不应当刻意接近那些身处丧恸中的人,而那些过度情绪化的人,无论和失去了亲人的人多么亲近,都应暂时避免和他们来往。尽管朋友的爱与悼念是一种极大的慰藉,但失去了亲人的人们应该受到保护,他们的神经处于濒临崩溃的状态,任何人和任何事都不应该再去加重他们的负担。而且如果被告知帮不上忙,或者不愿意接待,没有人有权利感到受伤。在这样的时刻,对有的人来说陪伴是一种宽慰,有的人则对最亲近的朋友避而不见。

这段话出自埃米莉·波斯特写于一九二二年的社交礼仪书，选自第二十四章"葬礼"。这个章节从死亡的瞬间（"死亡一旦降临，会有人，通常是训练有素的看护，先把病房的窗帘拉上，然后告诉仆人把这栋房子里所有的窗帘都拉上"）开始，将读者一直引向参加葬礼时就座的注意事项："尽可能安静地进入教堂，由于葬礼中通常没有向导，所以你要坐在大致适合你的地方。只有非常亲密的朋友才能坐在中央过道靠前的位置。如果你跟死者只是泛泛之交，应该坐在后排不显眼的位置，除非参加葬礼的人很少，而教堂又特别宽敞，在这种情况下，你应该坐在中央过道靠后的末席上。"

作者的教导历久弥新，包含着可靠的专业性。其强调的事项停留在实用的层面上。人们必须敦促失去亲人的人"坐在阳光充足的房间里"，房间里最好有明火。食物可以装在托盘里提供给他们，但只能是"非常少量的食物"：茶、咖啡、肉汤、一小片吐司、一枚白煮蛋。牛奶也行，不过只能是温热的牛奶："失去亲人的人本来就心寒体寒，冷牛奶并不是什么好东西。"至于进一步的营养补充，"可以做一些他们平时就爱吃的东西——但每次只能提供很少的量，因为尽管肠胃可能空了，味蕾却会拒绝进食的想法，而消化系统也运作不良"。在衣着方面，波斯特建议哀悼者尽量俭朴：大部分现有的衣物都会"非常合适"，包括皮鞋和草帽。丧事的费用要提前核实。葬礼期间应该留一位朋友在家里收拾房屋。这位朋友要确保房屋通风换气，将移位的家具复归原位，并点燃炉火迎接家属的归来。"最好能准备一点热茶或者肉汤，"波斯特女士建议道，"然后在亲属归来时端到他们面前，不管他们是否在乎，不管他们是否要求。那些处于深重悲痛中的人不会想吃东西，但如果端到面前，他们会机械地吃下去，这种温暖的饮品可以预热消化系统，激活受损的循环系统，是亲属们最需要的东西。"

这本书中实事求是的智慧，对于生理机能紊乱（后来被医学研究院细化成"内分泌系统、免疫系统、自主神经系统和心血管系统的改变"）的本能理解，带有某种引人入胜的性质。我也不确定是什么样的冲动指引我阅读埃米莉·波斯特写于一九二二年的这本社交礼仪图书（我猜跟对母亲的一些回忆有关，第二次世界大战期间，当我们被大雪困在科泉市的一套四居室出租房里，她曾让我阅读这本书），不过当我在互联网上找到它时，立即对它产生了久别重逢的感触。我一边阅读，一边想起约翰去世的那个晚上，我在纽约医院感到多么寒冷。我原以为感到寒冷是因为当时已经是十二月三十日了，而且我为了吃饭换过衣服，去医院时光着双腿，踩着拖鞋，身上只穿了一件亚麻布裙子和一件毛衣。这些当然是一部分原因，但我感到寒冷，还因为我的生理机能已经彻底偏离正常轨道。

波斯特女士一定能够理解我的感受。在她写作的那个年代，哀悼仍然得到公认、受到许可，不必避人耳目。菲利普·阿里耶斯曾在约翰·霍普金斯大学发表过一系列演讲，这些演讲后来集结成册，书名为《西方对待死亡的态度：从中世纪到现在》。他在书中写到，自二十世纪三十年代始，大多数西方国家（尤其是美国）出现了一场革命，改变了人们对待死亡的态度。"死亡，"他写道，"在过去无处不在，人们对它如此熟悉，如今却要被抹除，终将消失。它变得越来越不体面，越来越受到忌讳。"英国社会人类学家杰弗里·戈雷曾在他出版于一九六五年的著作《死亡、丧恸和哀悼》中描写了这种对公开哀悼的排斥，认为它源自一种新的"伦理义务，要求人们享受生活"，它也源自一种新生的"规则，要求人们不能妨碍他人的享受"。他观察发现，无论是在英国还是美国，当今的趋势"是将哀悼视作一种病态的自我放纵，而整个社会更加赞赏那些将丧恸完全隐藏起来，使外人基本上无从察觉的丧亲者"。

丧恸藏身于幕后，其中一个原因在于当今的死亡越来越消失于生活的舞台。在波斯特女士写作的时代，临终事务还没有专业化。它并不会特定地同医院联系在一起。女性死于分娩。孩童死于发烧。癌症是不治之症。当波斯特女士写作那本社交礼仪书时，几乎每一户美国家庭都受到了一九一八年西班牙流感的侵袭。死亡近在身旁。社会期望每一个成年人都能敏感地处理好死亡的后续事务。我在加利福尼亚长大，知道当有人死亡时，你得烤一片火腿。你得把它放到死者房前。你得参加葬礼。如果那人是天主教徒，你还得和他们一起念诵玫瑰经，但是你不可以哀号，不可以痛哭，也不可以用任何方式强求那家人的注意。读到最后，我发现埃米莉·波斯特写于一九二二年的这本书，无论是在对死亡另辟蹊径的精准了解，还是对丧恸的规范治疗方面，都毫不逊色于我读到的其他资料。我将永远记得一位朋友从本能中生发出的智慧，在约翰过世的最初几个星期，她每天都会从唐人街给我带来一夸脱葱姜粥。我能吃得下粥。我能吃得下的也只有粥。

5

在加利福尼亚长大的过程中，我还学会了其他知识。
发现某人看上去已经死了的时候，你得将一枚小镜子放在
他的嘴巴或鼻子前，确认他是否真的死了。如果镜子上没
能凝出水珠，那这个人就已经死了。这是母亲教给我的。
约翰过世的当晚我却忘得一干二净。他还有没有呼吸，医
护人员曾经问过我。快来救人，我这么回答道。

二〇〇三年十二月三十日。

我们已经去贝斯以色列北院六楼的重症监护病房探望
过金塔纳。

我们已经注意到呼吸机上的数据。

我们已经握过她肿胀的手。

我们还不知道会不会好转，一位重症监护病房的医生
这样说道。

我们已经回到家中。夜班查房后，重症监护病房要到

七点才会开放，所以我们到家时肯定已经过了八点。

我们讨论过是外出吃晚饭还是在家吃。

我说我待会儿给壁炉生火，我们可以在家吃。

我不记得我们要吃的是什么。我只记得从纽约医院回到家中，我把盘子里和厨房里的食物统统倒掉了。

你坐下来吃晚饭，你所熟知的生活就此结束。

只用一拍心跳的时间。

或者在心脏停跳的一瞬间。

在过去的几个月里，我花去了许多时间，试图记录约翰去世之前与之后各种事件的确切顺序，而在记录失败后，又尝试去重构。"在二〇〇三年十二月十八日星期四和二〇〇三年十二月二十二日星期一之间的某个时间点，"某段重构就这么开始了，"金说自己病了，'感觉非常糟糕'，有流感的症状，感觉自己得了链球菌性咽喉炎。"这段重构早于一串医生的姓名与电话号码，有的来自贝斯以色列北院，有的来自纽约其他医院，有的则来自其他城市，我给他们都打了电话。这段重构继续前行。关键发展出现在十二月二十二日星期一，她体温烧到了一百零三华氏度（三十九点四摄氏度），被送进了贝斯以色列北院的急诊室（据说是当时曼哈顿上东区最不拥挤的急诊室），然后被诊断出患有流感。医生告诉她要卧床静养，多喝水，并没有给她拍胸透片。在十二月二十三日至二十四日间，她的高烧在一百零二华氏度到一百零三华氏度间反反复复。她病得很重，没法参加平安夜的晚餐。她和杰里本打算去麻省同杰里的家人共度圣诞假期，当时只好取消了这个计划。

圣诞节是星期三，那天上午她打来电话说呼吸困难。她的呼吸听起来又浅又费力。杰里又把她送到了贝斯以色列北院的急诊室，胸透片显示她的右肺下叶积有一层厚厚的脓和细菌。她的脉搏上升到每分钟一百五十多下。她严重脱水，白细胞数接近零。医生先给她打了针安定，又给她打了针杜冷丁。杰里在急诊室里得知，"如果将肺炎的严重程度分为十级的话，那么她的肺炎是五级，就是通常说的'轻度肺炎'"。她的病"并不严重"（这大概是我想要听到的判断），但医院还是决定让她住进六楼的重症监护病房，以便进一步观察。

那个傍晚，在进入重症监护病房时，她非常烦躁不安。她被进一步镇静，然后被插上了输氧管。她现在体温已经超过了一百零四华氏度。她所需的氧气全部都由输氧管提供。第二天上午，也就是十二月二十六日星期五那天，我们被医生告知肺炎已经将两侧肺部都感染了，尽管医生已经通过静脉输液给她输入了大量的阿奇霉素、庆大霉素、克林霉素和万古霉素，但她的病情还是愈发严重。我们还被告知（或者说医生也只是在推测，因为她的血压正在下降）她正在出现或已经出现了败血性休克。医生征询了杰里的意见，他们要进行两项入侵性操作，首先插入一条动脉导管，然后再插入第二根，深入到接近心脏的位置，来解决血压过低的问题。医生给她输入新福林，好将她的收缩压和舒张压分别维持在九十以上和六十以上。

十二月二十七日，星期六，我们被告知医生将对她使用奇格瑞，礼来公司的这种药物在当时还是一种新药，给药时间将持续九十六小时，也就是四天。"这种药物的费用是两万美元。"护士一边更换输液袋一边说道。我看着药液滴入众多导管中的一根，正是这些导管维系着她的生命。我在网上搜索了奇格瑞的资料。一个网站说用奇格瑞治疗的败血症患者，存活率达百分之六十九，而那些不用奇格瑞治疗的患者，他们的存活率只有百分之五十六。另一个网站上登有一则商业快讯，报道了礼来公司的奇格瑞，表示"这位沉睡的巨人正努力克服它在败血症市场遭遇的问题"。从某种角度来说，这为当前的处境提供了乐观的视角：金塔纳不再是五个月前那个快乐得几近发狂的新娘，在接下来的一两天中，她的存活率将被校准在百分之五十六至百分之六十九这一区间的某个点上，她成了"败血症市场"，意味着作为顾客，我们还可以对结果做出选择。到了十二月二十八日星期日，我们终于可以开始设想，这个败血症市场的"沉睡巨人"开始施展神力了：尽管肺炎的感染区域并没有缩小，但用来维持血压的新福林已经停掉了，而她的血压也稳定在了九十五和四十。十二月二十九日星期一，一位周末不在医院的医生助理告诉我说，他上午来到病房时，发现金塔纳的状况非常"乐观"。我问他到底是什么细节让他那天上午到院时觉得金塔纳的状况非常乐观。"她还活着呢。"这位医生助理这样说道。

十二月三十日星期二的下午一点零二分（依据电脑的记录），我做了如下笔记，希望能同之前联系过的一位专家详细地谈谈：

缺氧、高烧和可能的脑膜炎是否会对大脑造成损伤？

好几位医生都提及"不清楚是否有潜在的结构或堵塞"。他们的意思是有可能存在恶性肿瘤？

医生推测是细菌感染，可是培养物中并没有出现任何细菌，有没有办法知道它是不是病毒感染？

"流感"怎么会恶化成全身感染?

最后一个问题("流感"怎么会恶化成全身感染?)是约翰补充的。到了十二月三十日,他已经非常执迷于这个问题。在过去的三四天里,他多次质问医生、医生助理和护士,并最终质问起我来,却怎么也得不到一个令他满意的答复。其中有什么东西令他难以理解,也令我难以理解,但我却假装自己能够应付。事情这样进展着:

她在圣诞节的夜里被送进了重症监护病房。

她住在医院里,我们在圣诞之夜不停地相互宽慰。她正在受到照料。她在医院里,她安全了。

我们生起炉火。她安全了。

五天之后,贝斯以色列北院六楼重症监护病房外的一切看起来仍旧正常:这一状况没能逃过我们两人的眼睛,尽管只有约翰将它道明;飞机坠落了,而我们又一次将注意力集中在湛蓝的天空上。我们公寓的客厅里还摆放着我和约翰在圣诞节那晚拆开的礼物。金塔纳过去住的房间里,桌上桌下还摆放着她没能在圣诞节的晚上拆开的礼物,因为她已经住进重症监护病房了。餐厅的餐桌上还堆叠着餐盘和银器,都是我们在平安夜用过但还没有洗的。那天送来的美国运通公司的账单还没付掉,上面是我们十一月去往巴黎的路费。我们动身前往巴黎时，金塔纳和杰里正在安排他们的首次感恩节晚餐。他们会把杰里的母亲、姐姐还有姐夫请到家里来。他们用上了婚礼时用的瓷器。金塔纳还来家里拿走了我母亲的红宝石水晶玻璃杯。我们在感恩节从巴黎给他们打了电话。他们正在烤火鸡、熬萝卜汤。

"然后——就没了。"

"流感"怎么会恶化成全身感染？

如今我懂了，这个问题等同于无助和愤怒的呐喊，等同于说明明一切都很正常，怎么会发生这种事。金塔纳躺在重症监护病房的那个隔间里，她的手指和面庞都浮肿了，输氧管旁的嘴唇因为高烧而开裂，她的头发乱糟糟的，被汗水浸湿了，而当晚呼吸机上的数据显示只有百分之四十五的氧气是靠导管提供的。约翰亲吻了她浮肿的面庞。"比多一天更多"，他轻声细语地说，这是我们家的另一个缩略语。它来自一部电影的台词，是理查德·莱斯特执导的《罗宾汉与玛莉安》。"我爱你甚至比多一天更多"，饰演少女玛莉安的奥黛丽·赫本与饰演罗宾汉的肖恩·康纳利一同服下致命的毒药后，赫本对康纳利说了这句话。约翰每一次离开重症监护病房时，都要这么轻声细语地说一句。在出来的路上，我们拦下一位医生，想要咨询他。我们询问供氧率的降低是否意味着她正在康复。

医生顿了顿。

这位重症监护病房的医生就是在这时说出了那句话："我们还不知道会不会好转。"

她肯定是在好转，我记得自己这么想。

重症监护病房的医生还在说话。"她的病情非常严重。"他说道。

我明白这是委婉的说法，意思是他们本以为她会死掉，但还是固执己见：她肯定是在好转，因为她必须好转。

我相信卡特。

我相信上帝。

"我爱你比多一天更多，"三个月后，金塔纳身穿黑色长裙，站在圣约翰大教堂里说道，"就像你总是对我说的那样。"

我们是在一九六四年一月三十日一个星期四的下午结婚的，地点是在加利福尼亚州圣贝尼托县的施洗者圣约翰天主教堂。约翰穿着齐普牌的海军蓝西装。而我则身穿一件丝质长裙，是在约翰·肯尼迪遇刺那天从旧金山的兰索霍夫服装店买的。达拉斯的中午十二点三十分对加利福尼亚来说仍然是上午。我和母亲直到离开兰索霍夫去吃午饭时碰见了一位从萨克拉门托来的熟人，才知道发生了什么。由于婚礼当天下午施洗者圣约翰教堂里只有三四十个人（约翰的母亲、他的弟弟斯蒂芬、他的兄长尼克、尼克的妻子伦尼以及他们四岁的女儿；我的父母、兄嫂、爷爷、阿姨、几个表亲，以及来自萨克拉门托的几位家族的朋友；约翰在普林斯顿的室友，可能还有一两个别的什么人），所以我希望婚礼能够略过进场、略过"队列"，简简单单地站在那里把婚给结了。"请新郎新娘登场"，我记得尼克心领神会地说道，尼克知道我的安排，但是那位临时请来的手风琴师不知道。很快我就挽起了父亲的臂弯，走上教堂的过道，在墨镜背后默默流泪。婚礼结束后，我们驱车来到位于佩布尔比奇的酒店。那里只有一点点食物、香槟、一座面向太平洋的阳台，就这么简单。在蒙特西托的圣伊西德罗农场的一栋别墅里，我们算是度了几天蜜月，然后因为无聊，又跑去了贝弗利山庄酒店。

在金塔纳结婚的那一天，我回想起自己的婚礼。

她的婚礼也很简单。她身穿一件白色长裙，脸上蒙着面纱，脚穿一双昂贵的鞋子，头发却扎成一条粗粗的辫子垂在背后，就跟她还是个孩子的时候一样。

我们坐在圣约翰大教堂的唱诗班座位上。她的父亲挽着她走向祭坛。祭坛上站着苏珊，从三岁起，苏珊便是她在加利福尼亚最好的朋友。祭坛上还有她在纽约最好的朋友。那儿还有她的堂亲汉娜。她来自加利福尼亚的表亲凯莉朗读了一部分祷文。杰里继女的孩子则朗读了另外一部分。那些最年幼的孩子是些小女孩，头戴花环，光着双脚。婚礼上有豆瓣菜三明治、香槟、柠檬水，以及搭配蛋糕和雪芭的桃红色纸巾，草地上还有孔雀。她踢掉那双昂贵的鞋子，解下面纱。"这场婚礼是不是很完美？"她傍晚打来电话时问。我和她的父亲都表示同意。之后，她和杰里飞去了圣巴泰勒米。我和约翰则飞去了檀香山。

二〇〇三年七月二十六日。

离她住进贝斯以色列北院的重症监护病房还有四个月又二十九天。

离她父亲去世还有五个月零四天。

在他去世后的第一个星期或是前两个星期里，每到夜晚，当给予我保护的疲乏袭上身来，我会向仍在公寓客厅、餐厅和厨房里谈天的亲友们告退，走向走廊尽头的卧室，然后把门关上。我避免去看我们婚姻早期的留念，它们就挂在走廊的墙上。但事实上，我根本无须去看，就算不看也避不过它们：它们都被我记在心里了。有一张照片上我和约翰置身于《毒海鸳鸯》的一处场景，这是我们参与编剧的第一部电影。我们因为这部片子参加了戛纳电影节。那是我第一次去欧洲，我们坐在二十一世纪福克斯给我们订的头等舱里，我光着脚登上了飞机，那是一九七一年的事情了。还有一张照片摄于一九七○年中央公园的毕士达喷泉，照片上有我和约翰，还有金塔纳，约翰和四岁的金塔纳正在吃雪糕。那一整个秋天我们都待在纽约，和奥托·普雷明格共事①。"她在那个没有头发的普雷明格先生的办公室里"，当儿科医生问金塔纳她妈妈在哪儿时，她这么回答。还有一张照片摄于二十世纪七十年代，那时候我们在马利布有栋房子，我和约翰，还有金塔纳站在房子靠海的露天平台上。这张照片登上了《人物》杂志。我在杂志上看到这张照片时才意识到，金塔纳趁拍摄间隙第一次给自己画上了眼线。还有一张照片是巴里·法雷尔拍的，照片里他的妻子玛西亚正坐在我们马利布那栋房子的藤椅上，怀里抱着他们的女儿琼·狄迪恩·法雷尔，当时她还是个婴儿。

如今巴里·法雷尔已经过世了。

还有一张凯瑟琳·罗斯的照片，出自康拉德·霍尔之手，也是在马利布那段时期，那会儿凯瑟琳在教金塔纳学游泳。凯瑟琳将一枚塔希提贝壳扔进邻居的泳池里，然后告诉金塔纳如果她能把贝壳捞上来，那么贝壳就属于她了。那是

---

① 指参与奥托·普雷明格导演的电影《一心一意为老友》。

在上世纪七十年代早期，凯瑟琳和康拉德、简和布莱恩·穆尔，还有我和约翰，我们会互相帮助，互换植物、宠物狗和食谱，每周都要轮流几次去各家吃饭。

我记得我们每个人都做了舒芙蕾。康拉德住在帕皮提的姐姐教过凯瑟琳如何简单易行地制作舒芙蕾，凯瑟琳回头又教会了我和简。秘诀在于不要严格地遵照推荐的制作方法。凯瑟琳还给我们带了塔希提香草豆，用酒椰棕绳绑成了厚厚的几捆。

有一段时间，我们用香草豆制作焦糖布丁，不过大家都不喜欢把白糖熔成焦糖的工序。

我们讨论过要把祖玛海滩边上李·格兰特的房子租下来，然后开成一家餐厅，名字就叫"李·格兰特之家"。凯瑟琳、简和我轮流掌勺，约翰、布莱恩和康拉德则轮流在前台待客。这个马利布生存计划最终搁浅了，因为凯瑟琳和康拉德离了婚，布莱恩要去完成一本小说，而约翰和我要前往檀香山改写电影剧本。我们常常在檀香山工作。住在纽约的那些人谁也搞不清楚本土和夏威夷的时差，所以我们能够工作一整天，不必担心电话铃声的干扰。在上世纪七十年代的某个时间，我曾想过要在那里买一栋房子，还让约翰去看了很多房子，不过他似乎更愿意暂住在凯海兰酒店，而不是在檀香山长期定居。

如今康拉德·霍尔已经过世了。

如今布莱恩·穆尔已经过世了。

早些年，我们曾在好莱坞的富兰克林大道上租过一套破败的大房子，它里面有许多卧室、许多阳台，庭院里种了不少鳄梨树，还有一块杂草丛生的红土网球场，每月租金只要四百五十美元。在我们结婚五周年时，厄尔·麦格拉思为我们写了首诗，还用相框裱了起来：

这是约翰·格雷戈里·邓恩的故事

他同他的爱人狄迪恩·邓女士，

结成合法夫妻，组成一个家庭

住在富兰克林大道上。

那里还有他们美丽的孩子金塔纳

她也叫狄迪恩·D

狄迪恩·邓恩

以及狄迪恩·邓

以及金塔纳或狄迪恩·D。

一个由邓恩、邓恩、邓恩组成的美丽家庭

（我指一家三口）

他们在富兰克林大道

以一种怀旧的方式生活着

那些新近丧亲的人会有一种特别的面容，也许只有在自己脸上目睹过这种面容的人才能辨别出来。我在自己的脸上见过这种面容，现在也能在别人的脸上将其辨别出来。这是一种极端脆弱、赤裸与坦诚的面容。一个被眼科医生命令睁大眼睛，检查结束后从诊室走进有明亮日光的地方的人，或者一个平日都戴着眼镜，却突然要把它摘下来的人，他们脸上也有这种面容。丧亲的人之所以有裸露的面容，是因为他们感到自己正在变得无形。有一段时间，我自己就有这种无形的感受，感觉肉体在离我远去。我似乎跨越了一条传奇的河流，从生界跨入死界，进入了一个特殊的场域，只有那些新近丧亲的人才能看到我。我第一次明白河流意象具有的力量，无论是冥河、忘川，还是身穿披风手持篙的摆渡人。我第一次明白殉夫这种行为的意义。寡妇并非因为丧恸才跳上烈火熊熊的木筏。烈火熊熊的木筏实际上是一种准确的表现手法，它正是她们的丧恸（不是她们的家庭、社区、习俗，而是她们的丧恸）将她们带去的地方。约翰死去的那个夜晚离我们结婚四十周年的纪念日只差了三十一天。你现在大概已经领会到，《罗丝·艾尔默》末尾两句中"坚硬甜美的智慧"已经对我失去了效用。

我想要的多过一夜回忆与叹息。

我想要尖叫。

我想要他回来。

6

我相信在好几年前，一个明亮的秋日，当沿着第六大道和第五大道之间的五十七街向东走时，我捕捉到了死亡的感受。那是光的效应：灵动的阳光影影绰绰，枯黄的叶子坠落在地（可叶子是从哪里坠落的呢？西五十七街上到底有没有树？），一阵闪烁的金色猛地落下，一阵亮光从天而降。后来我在近似明亮的日子里也寻找过这种效应，却再也没有体会到。我怀疑自己当时是不是惊厥了，或是中风了？更早的几年前，我曾在加利福尼亚做过一个梦，醒来时，我明白梦中的形象就是死亡：那是一座冰岛的形象，犹如从某座海峡群岛上空望见的锯齿状山脊，只是我梦里的这座冰岛全是冰块，它完全透明，呈蓝白色，在阳光中闪着光芒。在有些死亡之梦里，做梦的人始终在等待死亡，他被无情地判了死刑，却仍然没有抵达死境，但我的梦里却没有恐惧。与之相反，无论是梦里的冰岛，还是西五十七街上从天而降的亮光，看起来都无比超然，显现出超越言语的美，然而我的头脑中没有任何疑问，我看到的就是死亡。

既然这些都是我自己关于死亡的印象，那么我为何仍然无法接受他已经过世的事实？是不是因为我没法理解，这是一件已经发生在他身上的事情？是不是因为我理解中的死亡，仍然是一件发生在我自己身上的事情？

人生突然改变。

人生在一刹那间改变。

你坐下来吃晚饭，你所熟知的生活就此结束。

自怜自哀的问题。

你看，自怜自哀的问题很早就进入了我的脑海。

约翰过世后的那个春天，我在一个早晨拿起《纽约时报》，直接略过头版，翻到填字游戏。这样的读报方式，或者更准确地说是不读报的方式，在那几个月里已经成为我开启每一天的固定模式。在此之前，我对填字游戏从来都没有耐心，现在却发挥想象，认为这种行为能卓有成效地帮我在认知上重新与这个世界接轨。那个早晨，我注意到的第一条线索是竖六："有时候你觉得自己像……"这个答案很明显，我立即就猜到了，它还很长，能够填补很多空白，并证明我当天的认知能力："一个没有母亲的孩子"。

没有母亲的孩子日子艰难……

没有母亲的孩子日子如此艰难……

不对。

竖六只有四个空。

我放弃了填字游戏（不耐烦的毛病积习难改），然后在第二天查了答案。竖六的正确答案是"一枚坚果"[①]。一枚坚果？有时候你觉得自己像一枚坚果？在这个正常反应的世界里，我到底缺席了多久？

请注意：我最先想到的答案（"一个没有母亲的孩子"）正是自怜自哀的悲叹。

而我要纠正的绝不是理解上的失误，它没那么简单。

> 火热的奔流，那席卷的烈焰！
>
> 我的父亲和埃莉诺都去哪儿了？
>
> 不是他们如今身处何处，在去世后的第七年，
>
> 而是那时的他们都去哪儿了？
>
> 都没了吗？都没了吗？

——德尔莫尔·施瓦茨

《我们平静地走过这四月天》

[①] 原文为"anut"，即 a nut。"Sometimes you feel like a nut"是美国一则为公众熟知的坚果零食广告，具有双关含义，既表示"有时候你想吃一枚坚果"，也表示"有时候你觉得自己异想天开"。

约翰相信自己要死了。他反复地告诉过我。我却没有认真领会。他心情抑郁。他完成了小说《一无所失》，此时陷入了交稿和出版之间的过渡阶段，虽然他对这一过程的冗长早有准备，也对正在经历的信心危机早有准备。他当时正在筹备一本书，试图反思爱国主义的意义，却仍未找到创作的能量。而且那一年的绝大多数时间里，他还身受各种疾病的困扰，非常虚弱。他的心律加快，逐渐发展成心房颤动。心脏复律（一种门诊疗法，对患者实施几分钟的全身麻醉，并用高能脉冲电流通过患者的心脏）能够使窦性节律恢复正常，但是任何身体状况的改变，小到感冒或是长途航班都可能再度将窦性节律打乱。他最近一次接受这种疗法是在二〇〇三年四月，而且通了两道电流，而不是通常的一道。他的心律稳步加快，不断地需要用心脏复律治疗，说明这种疗法已经治标不治本了。在六月份，经过一系列会诊，他接受了一项更为彻底的心脏介入性手术：针对房室结的射频消融术，并随后安装了美敦力公司的卡帕900SR起搏系统。

在随后的那个夏天，金塔纳的婚礼带来的愉悦和起搏系统的明显生效都予以他宽慰，他的情绪也有所改善。可一到秋天，低落的情绪又死灰复燃。我记得我们在那时吵了一架，争执起于要不要在十一月去巴黎。我不想去。我表示我们要做的事情还有很多，钱也不够用。可他说他有一种预感，如果他十一月去不成巴黎，就永远都不可能再去了。我把他的话错解为胁迫。"那就照你说的做，"我说道，"我们去巴黎。"他起身离开桌子。随后的两天，我们没有进行任何有意义的对话。

最后我们在十一月去了巴黎。

我告诉你我活不过两天，高文说道。

几星期之前，在第六十八街和公园大道交汇处的外交关系协会，我注意到对面有人在翻阅《国际先驱论坛报》。这是我滑入错误路径的又一范例：我的思绪径直离开了外交关系协会，走出了第六十八街和公园大道，坐到了约翰的对面，我们正在巴黎布里斯托酒店的餐厅里享用早餐，时间是二〇〇三年十一月。我们两人都在翻阅酒店提供的《国际先驱论坛报》，上面钉着一叠小小的卡片，印着当天世界各地的天气情况。两份报纸的天气预报都为巴黎十一月的早晨标注了一把雨伞。我们走在雨中的卢森堡公园里。我们为了躲雨走进了圣叙尔比斯教堂。那里正在举行弥撒。约翰领取了圣餐。我们在拉尼拉花园的雨中淋感冒了。在返回纽约的航班上，约翰的围巾和我的针织连衣裙都散发着湿羊毛的气味。起飞的时候他紧握着我的手，直到飞机平稳下来。

他总会这么做。

他又去哪儿了呢?

我在一本杂志里见过一则微软公司的广告,画面上是巴黎丁香门地铁站的站台。

昨天我在一件最近没穿过的外套的口袋里,找到一张十一月去巴黎时用过的地铁票。在我们离开圣叙尔比斯教堂时,他最后一次纠正我说:"只有圣公会教徒才能'领取'圣餐。"他已经在这个问题上纠正我四十年了。圣公会教徒"领取"圣餐,天主教教徒"领受"圣餐。他每次都要解释说,这在态度上有所区别。

不是他们如今身处何处,在去世后的第七年,

而是那时的他们都去哪儿了?

最后一次心脏复律:二〇〇三年四月。那一次通了两道电流。我记得一位医生向我解释为什么要实施全身麻醉。"否则他们会从手术台上跳起来。"他说道。二〇〇三年十二月三十日医护人员在客厅地板上使用心脏除颤器时,约翰被震得剧烈跳动了一下。那到底是不是心跳,还是说只是电流而已?

在他去世的当夜或是前夜,在从贝斯以色列北院回公

寓的出租车上，他说了很多事情，第一次令我无法再忽视他的情绪，那不再是任何一位作家在人生中都必须经历的抑郁阶段。

他说，他做的一切都没有价值。

我仍然试图不去理会。

这一次可能并不正常，我告诉自己，可我们才告别金塔纳，我们现在的状况也不正常。

他说他那本小说没有价值。

这一次可能并不正常，我告诉自己，可是一位父亲觉得自己无能为力，帮不了自己的孩子，这也不正常。

他说他现在给《纽约书评》写的那篇文章，那篇关于加文·兰伯特的《娜塔莉·伍德》的书评没有价值。

这一次可能并不正常，但过去的几天里，又有哪一天是正常的呢？

他说自己在纽约都不知道在做些什么。"我为什么要浪费时间写一篇关于娜塔莉·伍德的文章。"他说道。

这可不是在提问。

"你之前说得对，是该去夏威夷。"他当时这样说。

约翰觉得我说得对，可能是指一两天前，我说要是金塔纳病情好转（这是我们的密语，意思是"如果她活下来"），我们可以在凯卢阿海滩租一栋房子，她可以在那边休养。

不过那也可能是指上世纪七十年代，我想在檀香山买房子的事。当时我倾向于认同前者，但话语中的过去时态表明他指的应该是后者。在他死前三个小时，或者二十七个小时，在从贝斯以色列北院回公寓的出租车上，他说了这些事情，我试图回忆，却已经记不分明。

7

为什么明明一切都不正常，我却一直在强调什么正常，什么不正常？

让我试着做一份大事记。

二〇〇三年十二月二十五日，金塔纳住进了贝斯以色列北院的重症监护病房。

二〇〇三年十二月三十日，约翰逝世。

二〇〇四年一月十五日上午稍晚时，在贝斯以色列北院的重症监护病房，医生拔掉输氧管，并减少镇静剂的给药量，金塔纳终于醒了过来，而我将约翰的死讯告诉了她。我原先没打算在那一天把死讯告诉她。医生说她只会间歇地苏醒，一开始并不完全，并在接下来的几天里只能接受有限的信息。要是她醒来看到我，会奇怪她父亲去了哪里。我和杰里还有托尼周详地讨论过这个问题。我们决定当她刚苏醒的时候，应该只让杰里陪伴她，她就可以专注于他，专注于他们共同的生活。关于父亲的问题也许就不会跳上心头。我可以晚一些再去探望她，也许要晚好几天。那时我可以告诉她。到那时她应该更坚强了。

按照原定计划，当她第一次醒来时，杰里在陪伴她。可意想不到的是，一位护士告诉她，母亲在外面的走廊里等候她。

那么她什么时候进来呢，她想要知道。

我只好进去了。

"爸爸在哪儿？"她看到我时，轻声问道。

输氧管在身上插了三个星期，她的声带已经发炎了，她的轻声细语只是依稀可辨。我告诉她发生的一切。我着重强调了她爸爸的心脏病史，长久以来的幸运终于离我们远去，尽管事发突然，可实际上无法避免。她哭了。我和杰里都抱着她。她又重新陷入了睡眠之中。

"爸爸怎么样了？"当我晚上见到她时，她轻声问道。

我又讲述了一遍。心脏病发作。病史。事发突然。

"可他现在怎么样了？"她轻声问道，尽力地揪着嗓子，好让我听明白。

她已经将事发突然的部分吸纳进去，却还没有接受最后的结局。

我又跟她说了一遍。到最后，我还得告诉她第三遍，不过那是在另一间重症监护病房，在 UCLA 医疗中心[1]。

大事记。

二〇〇四年一月十九日，她从贝斯以色列北院六楼的重症监护病房转到了十二楼的普通病房。二〇〇四年一月二十二日，她还是太过虚弱，没办法脱离支撑自己坐起来或者站起来，在重症监护病房时，她还因为院内感染发过高烧，不过她还是从贝斯以色列北院出院了。我和杰里将她带回我家的公寓，安顿在她过去的房间里睡觉。杰里遵照医嘱，外出给她配药。她从床上起身想从衣柜里再拿一条被子，却倒在了地板上。我实在是抬不动她，只好在大楼里找了个人帮忙把她抬回床上。

二〇〇四年一月二十五日上午，她醒来，仍然在我家的公寓里，胸口剧烈疼痛，体温越烧越高。于是在当天，我们把她送到了哥伦比亚长老会医院，急诊室的医生诊断为肺栓塞，紧接着安排她住进了医院的米尔斯坦大楼。考虑到她在贝斯以色列北院长期卧床不起，我现在清楚，这种病情的发展完全是可以预见的，而且在长老会医院急诊室用影像确诊的病情，早在三天前从贝斯以色列北院出院之前就可以用同样的方法确诊，可我当时并不清楚这一点。在她住进米尔斯坦大楼后，他们还给她的双腿做影像检查，

---

[1] 加州大学洛杉矶分校医疗中心。

看看有没有进一步的血栓形成。他们给她输入抗凝血剂，一方面溶解现有的血栓，一方面防止血栓进一步发展。

二〇〇四年二月三日，她从长老会医院出院，尽管并没有停用抗凝血剂。之后，她开始接受理疗，好恢复体力和行动能力。她和我，还有托尼和尼克一起安排约翰的葬礼。二〇〇四年三月二十三日，星期二下午三点，在家人的陪同下，我们按照原定计划将约翰的骨灰放到了圣约翰大教堂主祭坛边的灵堂里。四点，我们在教堂举行了葬礼。葬礼之后，尼克安排在联盟俱乐部酒店招待来宾。最后，三四十名家族成员又回到了我和约翰的公寓。我点燃了炉火。我们喝了点酒。我们吃了晚饭。金塔纳尽管仍旧很虚弱，却身着黑色礼服坚持站立在教堂里，并在晚饭时强撑着和堂表姐妹们谈笑。一天半后，也就是三月二十五日早晨，她将和杰里重新开启他们的生活，他们要飞往加利福尼亚，去马利布的海滩散散心，在那里待上几天。我鼓励她这么做。我希望能在她的脸庞和秀发上再次看到她在马利布时的神采。

第二天，也就是三月二十四日，我独自一人待在公寓，正式履行完了我的义务，埋葬了我的丈夫，帮助我的女儿渡过危机。我终于可以放下一切，第一次放任自己思考，我到底需要怎么做，才能够重新开启我自己的生活？我给金塔纳打了电话，预祝她一路顺风。她第二天一早就要搭乘飞机。她的声音听起来很焦虑。她出门旅行之前总是很焦虑。到底应该打包什么东西出门，似乎从孩提时代起就会在她身上触发忧虑，令她担心自己有所遗漏。你觉得我在加利福尼亚会顺利吗，她说道。我说会的。她在加利福尼亚当然会顺利了。前往加利福尼亚实际上是她余下生活的第一天。我放下电话时，突然意识到可以先打扫我的书房，由此迈出第一步，走向我余下生活的第一天。于是我开始着手去做。接下来的那一天，也就是三月二十五日星期四，我基本上也都在打扫书房。在这个安静的日子里，我发现自己在想，或许我已经安然渡过丧恸，进入了新的一季。一月时，我从贝斯以色列北院的窗口眺望，曾看到伊斯特河冻结成冰。而二月时，我从哥伦比亚长老会医院的窗口远眺，看到哈德逊河冰雪消融。如今时至三月，冰雪已经融化殆尽，我已经完成了我应当为约翰做的事情，而待到金塔纳从加利福尼亚返程时，她也会恢复健康。随着午后的时光推移（她的航班应该已经着陆，她应该租了车，开上了太平洋海岸公路），我想象她已经同杰里一起，在马利布三月微弱的阳光下，漫步于海滩上。我将马利布的邮政编码（90265）输入了"天气准报"网站。屏幕上显示出一轮太阳，尽管我不记得气温是高是低，但记得自己想这气温正合宜，这一天的马利布风和日丽。

山上会开满野芥末花。

她可以带他去祖玛峡谷看兰花。

她可以带他去文图拉的县界附近吃煎鱼。

她已经安排好哪天要带他去简·穆尔家吃午饭，她会去童年时曾经待过的地方。她会带他去看她为复活节午餐采集贻贝的地方。她可以带他去看蝴蝶群集的地方，她学会打网球的地方，以及她跟祖玛海滩救生员学会如何游出激潮的海域。我书房的书桌上有一张照片，是在她七八岁时拍的，照片里马利布的阳光照耀着她长长的金发。相框背后夹着一张蜡笔写的字条：亲爱的妈妈，每次你打开门时，那个跑开的人都是我，哈哈哈哈——金。

那天晚上七点十分，我正在换衣服，准备下楼和同一栋大楼里的朋友吃晚餐。我之所以说"七点十分"，是因为那是电话铃响的时间。打来电话的是托尼。他说他即刻就到。我注意了下时间，因为我要在七点三十分下楼，但是托尼的语气如此紧迫，我也就没有说。他的妻子罗斯玛丽·布雷斯林在过去的十五年里一直深受某种血液病的困扰，却找不出病因。约翰过世不久后，她参加了一种新药试验，身体愈发虚弱，时不时就需要到斯隆—凯德琳癌症研究中心住院治疗。我知道教堂里漫长的一天以及之后的家族团聚，对她来说非常辛苦。托尼要挂断电话时我喊住了他。我问罗斯玛丽是不是又住进医院了。他说他过来不是因为罗斯玛丽。他是为了金塔纳，就在我们说话这当口，纽约时间晚上七点十分，加利福尼亚时间下午四点十分，金塔纳突发神经外科急症，正在 UCLA 医疗中心接受抢救。

8

他们下了飞机。

他们取走了他们共用的旅行包。

杰里提着包走在金塔纳前面，穿过进场车道，走向汽车租赁处。他回头看去。时至今日，我都不懂他为什么要回头看。我从没想过要问他。你听着某人说话，然后他突然止住话头，所以你就看了一眼，我想大概也是这样的一番场景吧。人生在一刹那间改变。那一刹那稀松平常。她仰面躺倒在沥青地面上。杰里马上叫来救护车。她被送到了 UCLA 医疗中心。据杰里说，她在救护车里十分清醒。直到进了急救室，她才开始痉挛，接着失去了意识。医院紧急召来了一个手术团队，并对金塔纳进行了 CT 扫描。他们把她送进手术室时，她的一个瞳孔已经固定了。等他们把轮床推到位时，另一个瞳孔也固定了。后来，我不止一次被这样告知，"一个瞳孔固定了，而我们把轮床推到位时，另一个瞳孔也固定了"，这证明她的病情十分危急，急需手术介入。

第一次听到这句话时，我并不知道它有什么重大的含义。第二次听到时，我已经知道了。舍温·B.努兰在《我们如何死去》中描述了他的所见，一位三年级医学院学生心脏病发作，他"两个黑色的瞳孔放大，全部固定住了，这意味着脑死亡，显然它们不会再对光亮有任何反应"。还是在《我们如何死去》中，努兰博士描述了一个心肺复苏小组实施的抢救，可是他们没能把心脏病发作的患者救回来："这些顽强的年轻男女看着患者的瞳孔不再对光亮作出反应，然后放大成了固定的圆圈，里面深埋着无法穿透的黑暗。尽管小组成员很不甘心，他们还是停止了抢救……抢救失败后，手术室里散落着各种器具的残骸。"二〇〇三年十二月三十日，纽约长老会医院的救护小组是否也在约翰的眼睛里体会到了这种感受？二〇〇四年三月二十五日，UCLA 医疗中心的神经外科医生是否也在金塔纳的眼睛里体会到了这种感受？"无法穿透的黑暗？""脑死亡？"他们是不是也这么想？我如今查看那天 UCLA 医疗中心给出的 CT 报告，依然感到头晕目眩：

　　　　右侧大脑半球有急性出血征象，可见硬脑膜下血肿。不排除活动性出血的可能。血肿在大脑造成显著的占位效应、大脑镰下疝和早期钩回疝，第三脑室部位中线向左移位十九毫米。右侧脑室完全受压，左侧脑室出现早期挤压。中脑有中重度压迫。中脑环池受压。大脑镰后部狭小，且左小脑幕出现硬脑膜下血肿。右下侧大脑额叶实质轻微出血，可能来自脑外伤。小脑扁桃体移位至枕骨大孔。颅骨未见骨折。右侧头顶部头皮有血肿。

二〇〇四年三月二十五日。纽约时间晚上七点十分。

医生曾经说："我们还不知道会不会好转。"而如今她又重新回到这个地方。

而就我所知，这已经是恶化了。

他们可能已经告诉杰里，而杰里在试图消化这个噩耗，之后才给我打电话。

她可能已经被推向医院的停尸间了。

孤身一人。躺在轮床上。身边只有推遗体的人。

我曾经同约翰一起，想象过这个场景。

托尼到了。

他把在电话里说过的话重复了一遍。杰里在 UCLA 医疗中心给他打了电话。金塔纳正在接受手术。杰里就待在医院大厅里，随时可以用电话联系。这栋大楼太过拥挤，所以大厅暂时也被用作手术等候区，而 UCLA 医疗中心正在盖一栋新的大楼。

我们给杰里打了电话。

他刚刚从一位手术医生那里获知了最新消息。手术小组现在"非常有信心"，金塔纳很快就会"下手术台"，尽管他们还没法预测她下手术台时会是怎样的状况。

我记得当时意识到，这一判断与先前相比已经更为乐观，之前从手术室里传出的报告表示小组"还不太确定她能不能下手术台"。

我记得自己尝试去理解"下手术台"这个词组到底是什么意思，却理解不了。他们的意思是她还活着？他们说的是不是"还活着"，而杰里则说不出口？无论发生了什么，我记得自己这么思考，她毫无疑问要"下手术台"。

当时也许是洛杉矶时间四点三十分，纽约时间七点三十分。我不清楚当时手术已经进行了多久。根据 CT 报告上的时间，扫描是在"15∶06"，洛杉矶时间下午三点零六分，所以我现在知道她当时才进手术室约半个小时。我取出一份《官方航线指南》，查看哪家公司当晚还有前往洛杉矶的航班。达美航空晚上九点四十分在肯尼迪机场还有一班。我正要给达美航空打电话时，托尼告诉我说，手术还在进行，现在坐到飞机里可不是个好主意。

我记得当时有一阵沉默。

我记得当时我放下了《官方航线指南》。

我给洛杉矶的蒂姆·卢顿打了电话，让他去医院陪着杰里。我还给我们在洛杉矶的会计师吉尔·弗兰克打了电话，他女儿就在几个月前，在 UCLA 医疗中心治疗过神经外科急症，而他也答应会去医院。

这是我尽自己所能的在场方式。

我在厨房里摆好餐桌，和托尼稍微吃了点酒焖仔鸡，这道菜是葬礼晚宴剩下来的。罗斯玛丽也到了。我们坐在餐桌旁，试图安排出一个所谓的"计划"。我们微妙地使用着"意外事件"等词组，仿佛我们三人中，也许有人并不明白它的含义。我记得给厄尔·麦格拉思打了电话，问问看我能不能借用他在洛杉矶的房子。我记得用了"假如我需要"，这又是一组微妙的词语。我记得他的话语直截了当：他第二天会搭乘朋友的飞机去洛杉矶，我可以跟他们一起去。大约午夜时分，杰里打来电话，说手术已经结束了，现在要再用 CT 扫描一遍，看看还有没有遗漏的出血。如果还在出血，那就还得继续手术。如果没有了，那么他们会继续下一个步骤，在腔静脉中置入一道屏障，阻止血块进入心脏。大约在纽约时间凌晨四点，他又打来电话，说

CT 扫描没有发现出血的状况，并且他们已经把屏障放置完毕。他把医生关于手术的原话复述给我听。我做了笔记：

"动脉出血，动脉喷涌出来的血液，像一道喷泉，喷得手术室到处都是血，血液里没有凝血因子。"

"大脑被挤向左侧。"

四月三十日深夜，当我从洛杉矶返回纽约时，在厨房电话旁的一张购物单上发现了这些笔记。此时我已经知道"大脑被挤向左侧"的专业术语是"中线移位"，这是不良结果的一项重要预测因素，可即便在当时，我也明白它不是什么好东西。五个星期之前的那个三月天，我原以为我需要的是依云纯净水、糖浆、鸡汤和亚麻籽粉。

去阅读、去学习、去查阅资料。

信息能够带来掌控。

手术后的那个早晨，在前往泰特波罗机场搭乘飞机之前，我在互联网上搜索了"固定并扩大的瞳孔"，发现这种现象被叫作"FDP"。我阅读了一篇研究报告的摘要，作者是波恩大学神经外科系的几位研究人员。这项研究跟踪了九十九位患者，他们都至少有一个瞳孔出现过固定和放大的现象。总体死亡率高达百分之七十五。而在二十四个月后仍然存活的那百分之二十五，有百分之十五的人在"格拉斯哥预后评分"中被评为"不良结果",被评为"良好结果"的只有百分之十。我来把这些百分比翻译成实实在在的文字:九十九位患者死了七十四位。两年后,活下来的二十五人中,有五位植物人,十位重度残疾,八位能独立生活,两位完全康复。我还学到,固定并扩大的瞳孔表明第三脑神经和上脑干受损或受压迫。在接下来的几星期里,我会频繁地听到"第三脑神经"和"脑干"这两个词,远远超出了我愿意听到它们的程度。

9

你安全了，我记得第一次在 UCLA 医疗中心的重症监护病房看到金塔纳时，我对她轻声细语道，我在你身边。你会没事的。为了做手术，医生把她半边脑壳上的头发都剃掉了。我能够看到那条长长的切口，以及将它缝合起来的金属缝合线。她现在又必须完全依靠气管内的导管才能呼吸。我在这儿。一切都会没事的。

"你什么时候必须得离开呢？"她在终于可以开口说话的那一天这么问我。她艰难地吐出这些话语，面庞紧绷。

我说除非我们一起离开，否则我不会离开。

她的脸放松下来。她又重新跌回睡眠之中。

在那几个星期里，我意识到，自从我们将她从圣莫尼卡的圣约翰医院抱回家的那天起，这便是我对她的基本承诺。我不会离开。我会照顾她。她会没事的。我同样意识到，这也是一个我无法信守的承诺。我不可能永远照顾她。我也不可能永远不离开她左右。她已经不是一个孩子了，是一个成年人。人的一生中会发生许许多多的事情，其中很多是母亲无法阻止也无法解决的。除非其中一件事情令她早逝，比如贝斯以色列的那场病就几乎令她丧命，现在换到 UCLA 医疗中心，也可能令她交出生命，除开这些情况外，我会先于她死去。我记得在律师办公室里进行的那几次讨论，我因为"先死"这个词而心情沉痛。我没办法接受这个词。每一次讨论之后，我都会以全新的角度看待"共同灾难"，对它反而更为青睐。在一趟从檀香山飞往洛杉矶的颠簸的航班上，我曾设想过某种共同灾难，却摒除了这样的想法。飞机坠落。我和她奇迹般地活了下来，漂流在太平洋上，死死地抓着飞机的残骸。我们的困境在于：我正好处在经期，经血会引来鲨鱼，我必须游得远远的，抛下她一个人。

我会这样做吗？

是不是所有的家长都会有这种两难的感受？

当我的母亲九十高龄，临终不远的时候，她告诉我说，她已经准备好赴死，却还不能死去。"你和吉姆都需要我。"她说道。我和我的兄长当时都已经六十多岁了。

你安全了。

我在你身边。

在 UCLA 的几个星期里，我注意到一件事情，我认识的许多人，无论他们身在纽约、加利福尼亚还是其他地方，都共享着一种习惯，他们都倾向于做最好的打算。他们都全然相信自己的办事能力。他们都全然相信电话号码的力量，这些号码就在他们的指尖，拨出去就能够找到合适的医生、巨额捐献人，以及能够在政府或者法院帮忙疏通关系的人。仿佛这些人处理问题的能力可以上天入地。他们掌握的电话号码无人可比。就我自己的大半人生而言，我也共享了这种核心的信念，觉得我有能力控制各种事件。如果我的母亲突然在突尼斯发病住院，我可以安排驻突尼斯的美国领事给她带去英文报纸，并安排她搭乘法国航空公司的航班，去巴黎和我的兄长碰头。如果金塔纳突然被困在尼斯机场，我可以联络英国航空公司的工作人员，并让她搭乘该航空公司的航班，去伦敦和她的表亲碰头。然而在某种层面上，我始终都有所恐惧，因为我生而忧患，担心人生中的某些事件会超出我的掌控和处理能力。有些事你只能任其发生。你坐下来吃晚饭，你所熟知的生活就此结束。

金塔纳躺在 UCLA 医疗中心昏迷不醒的前几天里，与我对话的许多人似乎都没有这种恐惧。他们最初的本能便是这起事件能够得到处理。而要处理好它，他们只需要信息即可。他们只需要知道这起事件是如何发生的。他们需要答案。他们需要"预后 ①"。

我没有答案。

我没有预后。

我不知道这起事件是如何发生的。

事发有两种可能性，而在我看来，每一种都不能切题。一种可能性是她摔倒了，创伤导致大脑出血，而她为了防止血栓而服用的抗凝血剂则为此埋下了隐患。第二种可能性是大脑出血先于摔倒，并实际上导致了摔倒的发生。服用抗凝血剂的人极易出血。他们甚至被碰一下都会瘀青。血液中的抗凝血剂水平量度叫作 INR（国际标准化比值），这一水平极难控制。服药人员的血液必须每几个星期就验一次，在某些情况下每几天就得验一次。每次验血后，都必须对服药量做出细微而又复杂的调整。对金塔纳来说，理想的 INR 是 2.2（允许有 0.1 的偏差）。而她飞赴洛杉矶的那一天，她的 INR 达到了 4，这个水平的 INR 会导致自发性出血。当我抵达洛杉矶后同主任医师对话时，他说他"百分之百确定"是创伤导致了出血。而其他医生则没有那么确定。其中的一位认为乘坐飞机本身就会导致气压的剧烈变化，进而导致出血。

----

① 医学术语，指根据病人当前状况来推测未来可能的结果。

我记得自己在这个问题上追问医生，试图得到答案，这是我又一次试图去掌控局面。我当时站在 UCLA 医疗中心的自助餐厅里，通过手机同他对话。那家自助餐厅名叫"医院餐厅"。这是我第一次光顾医院餐厅，并且见识到了它最惹人注目的情形。那里有一位小个子秃头男子（我估计他是神经心理研究院的患者，获准四处走动），他的强迫症症状表现为在自助餐厅里跟踪各种女性，要么对她们吐唾沫，要么嘴里喷出狂怒的咒骂，骂她们是多么恶心、多么可耻，骂她们是怎样一袋毫无价值的垃圾。在这个早晨，这位小个子秃头男子跟踪我一直走到外面的庭院，吵得我实在听不清手术医生到底在说些什么。"受了创伤，有一条血管破裂了，我们看到了"，我猜他是这么说的。可是这句话没有彻底解决问题，一条破裂的血管并不绝对排除血管的破裂先于摔倒并导致摔倒的可能性，但在医院餐厅外的庭院里，当这位小个子秃头男子朝我的鞋子上吐唾沫的时候，我意识到无论问题的答案是什么，都已经没有任何区别了。事情已然发生。事情已经尘埃落定。

　　手术医生的这通电话是在我抵达洛杉矶后的第一个整天打来的，我记得在电话里，医生还告诉我另外几件事。

　　我记得医生告诉我，她会持续昏迷好几天甚至好几个星期。

我记得医生告诉我，最少也要三天，他们才能获知她大脑的情况。手术医生"很乐观"，但是现阶段不可能做出任何预测。在接下来的三四天或者更久的时间里，许多紧急问题都有可能发生。

她可能会发生感染。

她可能会患上肺炎，她可能会患上栓塞。

她可能会出现更多的血肿，医生就不得不再一次将她推进手术室。

我挂断电话后，走回自助餐厅，杰里正在同苏珊·特雷勒以及我兄长的两个女儿凯利和洛丽喝咖啡。我记得自己在踌躇，要不要跟他们说医生提及的那些紧急问题。当看到他们的脸庞时，我明白我没有理由不说：在我抵达洛杉矶之前，他们四人就已经到医院了。他们四人都已经听到过那些紧急问题。

从十二月到一月的那二十四个夜晚里，金塔纳住在贝斯以色列北院六楼的重症监护病房，而我的床头柜上则一直摆放着一本平装书：约翰·F.默里医学博士写的《重症监护：一位医生的日记》。一九六六年至一九八九年间，默里曾担任加利福尼亚大学医学院肺病与急救护理分部的负责人。默里过去还曾在旧金山综合医院的重症监护病房担任主治医师，负责管理所有的患者、住院医师、实习医师和医学院学生，《重症监护》逐日描写了其中四个星期的经历。我把这本书读了一遍又一遍，从中学会了很多，并发现这些知识可以帮助我进行校准，令我跟北院医生打交道时更加游刃有余。譬如说，我知道了原来计算拔管（移除气管内导管）的恰当时机通常十分困难。我知道了原来拔管的一项常见障碍是水肿，这在重症监护阶段极易预见。我知道了相较于其他潜在疾病，造成水肿的原因更有可能在于判断失误，医生没能觉察出恰当补水和过度补水之间的区别，结果输液过量，进而造成水肿。我知道了许多年轻的住院医师在面对拔管的问题时都会出现类似的判断失误：由于结果仍不明朗，他们倾向于将拔管的时间拖延到必要时间之后。

我学习了这些课程。我好好运用了它们，有时会提出一些试探性的问题，有时也会表达自己的一些意愿。我曾经"怀疑"她是不是"输液输多了"。（"当然了，我不知道是不是真的输多了，只能查看她的外表。"）我故意使用"输液输多了"的表述。因为当我使用"水肿"这种术语时，气氛就会比较紧张。我还进一步"怀疑"如果不给她输那么多液，她的呼吸可能会更顺畅。（"当然了，我又不是医生，只是觉得这样符合逻辑。")我还"怀疑"给她输入利尿剂也许不利于拔管("当然了，'速尿'只是一种家庭常备药，而且要是我觉得自己跟她差不多，我也会服药。")接受《重症监护》的指导后，这些疑问就变得直接而又直观了。而且你也有办法了解自己是否有进步。当你向医生提出这些意见，而隔天他们就把这种意见当作治疗方案提出来的时候，你就知道自己进步了。

这一次不同。在贝斯以色列北院关于水肿的治疗意愿的斗争中，我心中始终有一道轻蔑的声音：这又不是脑部手术。这一次却是。当 UCLA 医疗中心的医生向我提及"顶叶"和"颞叶"时，我连他们谈论的是大脑的哪个部位都不知道，更搞不懂他们想要表达的是什么意思。我以为我知道"右额（叶）"指的是哪里。我以为"枕骨"（occipital）指的是眼部，因为错误地推断 oc 开头的词应该和视觉（ocular）具有相近的意思。我去了 UCLA 医疗中心的书店，买下一本书，封面上写着"对神经解剖学及其功能含义与临床含义的简明综述"以及"美国执业医师考试绝佳复习材料"。这本《临床神经解剖学》的作者是耶鲁纽黑文医院神经科主任斯蒂芬·G. 韦克斯曼医学博士。我顺利地浏览了它的几篇附录，譬如"附录 A：神经系统检查"，但当开始阅读正文时，我只能回想起在印度尼西亚的一次旅行，在印度尼西亚，满大街的路标、店名以及广告牌都用的是官方语言印尼语，我实在没有办法识别这种语言的语法结构，结果就找不到方向。我求助于当地的美国大使馆，询问该怎么区分动词和名词。对方回答说，在印尼语中，一个词既可以做动词也可以做名词。《临床神经解剖学》则是另一个印度尼西亚，我没法识别出里面文字的语法。我把它放回贝弗利威尔谢酒店的床头柜上，它会在那里陪我度过接下来的五个星期。

如果我在清晨醒来，而《纽约时报》（上面刊登的填字游戏能令我镇静）还没有送到，我便会继续研读《临床神经解剖学》，可即便是"附录 A：神经系统检查"都开始变得晦涩难懂。我一开始注意的仍然是那些浅显而又熟悉的指令（询问患者现任总统叫什么名字，让患者从一百开始每隔七个数地往回数），可是随着时间的流逝，我开始注意一篇神秘的故事。这篇故事被附录 A 称作"披金箔衣的男孩的故事"，可以用来检测记忆力和理解力。韦克斯曼博士说我们可以先把这个故事讲给患者听，然后要求他用自己的话复述这个故事，并解释它的含义。"大约三百年前，在一位教皇的加冕仪式上，一位小男孩被选出来扮演天使。"

"披金箔衣的男孩的故事"是这样开始的。

到目前为止，这个故事都非常清楚，尽管对那些刚刚从昏迷中醒来的人来说，有一些细节（三百年前？扮演天使？）可能会有点伤脑筋。

故事继续下去："他从头到脚都披着金箔衣，看起来颇为华丽。小男孩病倒了，尽管为了让他恢复健康，他们尝试了一切办法，却没能脱掉那件致命的金箔衣，他没过几个小时就死掉了。"

这个"披金箔衣的男孩的故事"到底有什么"含义"？它是否跟"教皇"的不可靠有关？是否跟一般意义上的权威的不可靠有关？是否特定地跟医学的不可靠（注意"为了让他恢复健康，他们尝试了一切办法"）有关？一位患者躺在一家教学医院的神经科重症监护病房里动弹不得，我们把这个故事告诉他能有什么意义？我们能够从中吸取什么教训？难道仅仅因为它只是一个"故事"，他们便毫无顾忌地将它讲给患者听？这个"披金箔衣的男孩的故事"完全令人费解，并且显然没有顾及患者的敏感特性，于是在某个上午，我意识到这个故事代表了我身陷的整个处境。我回到 UCLA 医疗中心的书店，想在其他资料里查找对这个故事的阐释，但最初拿起的那几本书都没有提到它。我没有继续查找，由于洛杉矶那个下午的最高温度已经达到了华氏八十多度，而我飞到西海岸时，只带了在纽约穿的几件晚冬的衣服，所以我转而去购买了几套蓝色的棉质医护服。当时身处的绝境如此深重，我并没有立即意识到，一位患者的母亲穿着蓝色的棉质医护服出现在医院里，人们只会怀疑她是否逾越了伦常的界限。

10

　　一月，当我坐在贝斯以色列北院的窗前远眺结冰的伊斯特河时，我第一次感受到了"旋涡效应"，这是后来才知道的名称。在我远眺冰河的那个病房，墙壁和天花板接合处的边角线墙贴带有玫瑰花的图案，这是典型的多萝西·德雷珀①风格，令我怀想起过去的时日，那时贝斯以色列北院的名字还是达可塔斯医院。我自己从来没有在达可塔斯医院住过院，但在我二十多岁替《时尚》杂志工作的那段时间里，它总会出现在各种各样的谈话中。《时尚》杂志的编辑们也青睐这家医院，如果没有并发症，就会选择去那里分娩，她们还会去那里"休养"，有点类似医疗化的缅因钱斯②。

　　这似乎是一个不错的思路。

---

① 美国室内设计师，她反对极简抽象的设计，喜用明快生动的颜色。
② 美国一处疗养地，位于芒特弗农北部。

这似乎好过思考我为什么会在贝斯以色列北院。

我进一步把思绪推向过去。

达可塔斯医院是某人堕胎的地方，费用由地方检察官办公室支付。"某人"是我在《时尚》杂志工作时共事的一位女同事。妩媚的香烟烟云、香奈儿五号的气味，以及迫在眉睫的灾难一直在康泰纳仕集团[①]的办公室里（当时位于格雷巴巴大厦）追随她的左右。一天上午，我正忙于编辑工作，那版名叫"流行话题"的专题特别麻烦。而她则在当天发现，她不仅意外怀孕需要去堕胎，而且她的名字还赫然出现在地方检察官办公室对卖淫团体进行调查的档案里。在我当时看来，她似乎对这两则毁灭性消息的巧合感到雀跃。交易很快就达成了。她答应作证，证明卖淫团体曾经想拉她入伙，而地方检察官办公室则相应地在达可塔斯医院为她安排一场刮宫手术，这在当时可不是一个小忙，因为私自堕胎意味着一场可能致命的密约，而实施手术的人在出现险情时，第一本能将会是背弃合约。

卖淫团体和安排妥当的堕胎，以及那些我编辑"流行话题"的上午似乎仍然是一个不错的思路。

我记得把这个桥段用在了我的第二本小说《顺其自然》

[①] 国际期刊出版集团，总部位于美国纽约市，旗下有《纽约客》《名利场》《时尚》等国际知名杂志。

里。女主角玛丽亚曾经是一位模特，她最近需要去堕胎，这令她十分苦恼。

很久以前，玛丽亚曾在奥乔里奥斯工作过一周，与她共事的一个女孩刚刚堕过胎。她还记得，当她们在瀑布边抱作一团，等待摄影师决定日头已经高到可以拍摄的时候，那个女孩讲述了她的故事。当时在纽约，时势非常艰难，堕胎会被逮捕，所以医生都不愿意帮人堕胎。最后这个女孩（她的名字叫切奇·德拉诺）找到一位在地方检察官办公室工作的朋友，询问他有没有门路。"等价交换。"他说道。于是当天下午，切奇·德拉诺向蓝绶带陪审团作证说，卖淫团体曾经想拉她入伙，然后地方检察官办公室就安排她入住达可塔斯医院接受合法的刮宫手术，并支付了手术的费用。

她把这段往事当笑话讲，无论是在瀑布边上的那个上午，还是在后来的餐桌上，她又复述给摄影师、经纪人和时装调配师。玛丽亚尝试用同样乐观的态度看待在恩西诺发生的事情，但是切奇·德拉诺的处境对她却派不上用场。到最后，它也只是发生在纽约的一个遥远的故事。

这样的思路似乎行之有效。

不过至少有两分钟，我都在避免思考我为什么会待在贝斯以色列北院。

我的思绪继续往回走，回到了我写作《顺其自然》的那个时期，回到了我们在好莱坞富兰克林大道租过的那套破败的大房子。客厅大窗户的窗台上摆着许愿蜡烛。厨房门边长着柠檬草和芦荟。老鼠啃食着鳄梨树。我坐在阳台上工作。从阳台的玻璃窗向下望，可以看到金塔纳跑过草坪上的洒水器。

我记得当时意识到了自己已经冲进了危险的水域，却没有回头。

我写那本书时，金塔纳只有三岁。

金塔纳只有三岁。

这便是一个旋涡。

金塔纳三岁的时候，有一天晚上，她将花园里的一枚种荚塞进了鼻子里，我开车送她去儿童医院。那位取种荚很在行的医生赶到时，身上还穿着晚礼服。结果她第二天又把另一枚种荚塞进了鼻子，打算将这趟有趣的冒险重复一遍。我和约翰带着她去麦克阿瑟公园的湖边散步。一位坐在长凳上的老人摇摇晃晃地站起身来。"那孩子长得真像琴吉·罗杰斯。"老人冲我们喊道。我写完了小说，跟《生活》

杂志签好协议，开始在他们那边写专栏，我们把金塔纳带到了檀香山。《生活》杂志对专栏第一篇文章的设想是，我应该先做一番自我介绍，"好让读者知道你是谁"。我打算写一篇发自檀香山的特稿，当时我们住在皇家夏威夷酒店，我们通常会用出版社的折扣价（二十七美元一晚）订阳台套房。我们住在那儿的时候，爆发了美莱村屠杀的新闻。考虑到这则新闻，我觉得应该写一篇发自西贡的特稿。当时正是星期日。《生活》给过我一张联络卡，上面印着杂志社编辑以及世界各个城市的律师的家庭电话号码。我拿出卡片，给我的编辑劳登·温赖特打了电话，想跟他说我要去西贡。接电话的是他的妻子。她说他会给我回电话。

"他肯定是在看冰球比赛，"我挂断电话时，约翰说道，"他会在中场休息时给你回电话。"

他确实这么做了。他说我应该待在原地，第一篇专栏还是自我介绍，至于西贡，"自有别人会去报道"。这件事好像没有商量的余地了。"外面的世界正在发生革命，我们可以派你出去看看。"乔治·亨特给我提供这份活儿的时候说道。当时他还是《生活》杂志的主管编辑。等到我写完《顺其自然》，乔治·亨特已经退休了，而出去报道的也就变成了别人。

"我告诫过你，"约翰说道，"我告诉过你给《生活》写专栏会变成什么样子。我不是跟你说过吗？那就像被一群鸭子活活啃死。"

我正在给金塔纳梳头发。她长得就像琴吉·罗杰斯一样。

我感觉自己受到了背叛，受到了羞辱。我应该听从约翰的告诫。

我写出来的专栏文章跟读者做了一番自我介绍。

文章刊登了。就这篇命题作文而言，八百个单词看似绰绰有余，然而在第二段的末尾，却有一个句子跟《生活》的整个风格格格不入，简直像是被外星人劫持了一样："我们没有申请离婚，而是来到了太平洋中心的这座小岛上。"一星期后，我和约翰恰巧来到纽约。"她写这个句子的时候你知道吗？"许多人这么问他，声音压得很低。

我写这个句子的时候他知道吗？

他帮我校对过这篇文章。

他带金塔纳去檀香山动物园游玩，方便我重写这篇文章。

他开车带我去闹市区的西联电报公司，好让我把文章发出去。

在西联电报公司，他在文章末尾加上了"致意，狄迪恩"。电报的末尾总是得附上这样的问候语，他说道。为什么，我问道。因为这是规矩，他说道。

诸位看明白这个旋涡都把我吸到哪里去了吧。

从贝斯以色列北院的多萝西·德雷珀风格边角线墙贴，到三岁时的金塔纳和我应该听从约翰的告诫。

我告诉你我活不过两天，高文说道。

追忆往昔，只能令你身受重击。

在洛杉矶，我立即就明白了，只有避过任何可能令我联想到金塔纳以及约翰的渠道，才能控制住旋涡效应，压制住它被激发的可能。这得心思非常灵巧才行。从一九六四年到一九八八年，我和约翰一直都住在洛杉矶。从一九八八年到他去世前，我们也在那里度过了相当长的时间，通常就待在我现在住的酒店（贝弗利威尔谢酒店）。金塔纳生在洛杉矶圣莫尼卡的圣约翰医院。她也在那边上学，先是在马利布，后来又去了汉姆比山的西湖女子学校（她毕业那年，这所学校也开始招收男生，现在改名叫哈佛西湖学校）。

贝弗利威尔谢酒店本身却很少激发旋涡效应，这其中的原因我至今都不太清楚。理论上来说，它的每一条过道都浸满了我应该试图避免的联想。当我们住在马利布时，每当要进城开会，我们就带着金塔纳住进贝弗利威尔谢酒店。待到我们搬去纽约后，每当需要去洛杉矶参与电影制作，我们也会住在那里，有时候住上几天，有时候一住就是几个星期。我们在那里配置电脑和打印机。我们在那里开会。假使这样，将会如何，在那些会议里，总有人这么说。我们可以在那里一直工作到八九点，把剧本发给当时共事的导演或制片人，然后就去梅尔罗斯大街找一家不需要预定的中餐厅吃饭。我们会指定那栋老楼。我认识那边的客房经理。我认识那边的美甲师。我认识那边的门卫，每次约翰晨起散步归来时，他都给约翰一瓶瓶装水。我能条件反射地打开保险柜的门锁，也会条件反射地调整淋浴头：在过去的岁月里，我住过几十个和现在这个客房一模一样的房间。我最近一次入住这样的客房是在二〇〇三年十月，约翰过世前的两个月，独自来这里做营销活动。可是当金塔纳住进 UCLA 医疗中心时，贝弗利威尔谢酒店对我来说似乎是唯一安全的场所，这里的一切都安然如初，在这里没人会知道最近发生在我身上的事情，也不会向我提及；在这里，我仍然是那个曾经的我，而一切都还没来得及发生。

假使这样，将会如何。

只有贝弗利威尔谢酒店是豁免区，在此之外我都要规划好自己的路径，我要保持警惕。

整整五个星期，我从未驶入过布伦特伍德那片区域，那是我们在一九七八年至一九八八年居住过的地方。当我去圣莫尼卡看皮肤科，而街道施工迫使我驶过离家不到三个街区的地方时，我没有左顾右盼。整整五个星期，我从未驶入前往马利布的太平洋海岸公路。简·穆尔想把他们位于太平洋海岸公路边上的房子借给我用，那里是经过我们在一九七一年至一九七八年住过的地方后再向前八分之三英里的地方，我只好编造了几个缘由，解释我为什么必须住在贝弗利威尔谢酒店。其实是为了去 UCLA 医疗中心时能避开日落大道。其实是为了避开日落大道和贝弗利格伦大道的交叉路口，有六年时间，我都在那里转弯前往西湖女子学校。其实是为了避开任何我没法预计、没法掌控的交叉路口。其实是为了避免车载收音机收到我过去开车时常听的电台，比如 KRLA，这是一家调频广播电台，自称是"摇滚乐的心脏和灵魂"，直到上世纪九十年代早期依然在播放一九六二年的金曲。还可以避免换到某个基督教热线电台，每当我觉得自己对那些一九六二年的金曲失去共鸣时，就会换到这个电台。

我没有收听这些电台，会调到国家公共电台，上午有一档安静的节目，叫作"缤纷晨间"。在贝弗利威尔谢酒店的每个上午，我都会点同样的早餐，一份墨西哥式煎蛋，只用一枚鸡蛋。每天上午离开贝弗利威尔谢酒店时，我都沿着相同的路径驶向 UCLA：沿着威尔谢大道一路向左，右拐进入格伦登大道，左拐进入韦斯特伍德大道，再右拐进入勒孔特大道，最后左转进入蒂弗顿大道。每个上午我都会注意到威尔谢大道两旁灯柱上飘扬的旗子：UCLA 医疗中心，西部第一，全国第三。每个上午，我都要思索这到底是哪里推出的排名。我从来没有问过。每个上午，我都将手头的卡片插入门锁，只要动作标准，每个上午我都能听到同样的女声说"欢——迎——来——到——U—C—L—A——医——疗——中——心"。每个上午，如果把时间算准，我都能在四号广场的树篱旁边找到停车位。每天下午晚些时候，我会驱车回到贝弗利威尔谢酒店，查看邮件，回复其中一部分。第一个星期过后，杰里开始在洛杉矶和纽约两地飞来飞去，尽量每周都能上几天班，如果他人在纽约，我就打电话告诉他今天的情况，或者告诉他今天没有发生任何情况。我会躺下来。我会收看当地新闻。我会洗上二十分钟的澡，然后出去吃饭。

在洛杉矶的每一个夜晚，我都在外面吃饭。我的兄长和嫂子在城里的时候，我就和他们吃饭。我会去贝弗利山拜访康妮·沃尔德①。壁炉烧着火，周围装点着玫瑰和旱金莲，

① 住在贝弗利山的一位社会名流，其宴会开启了好莱坞的黄金时代，她的住处是一处知名的社交场所。

仿佛一下子穿越回我和约翰还有金塔纳常常去那里做客的日子。如今苏珊·特雷勒是那边的常客。我也去了苏珊位于好莱坞山的家。我从苏珊三岁起就认识她了，也很早就认识了她的丈夫杰西，那个时候他和苏珊还有金塔纳正在沙丘学校上四年级，而如今却轮到他们俩来照顾我了。我在许多餐厅里同许多朋友吃饭。我常常同厄尔·麦格拉思吃饭，他在这种状况中总是具备敏锐的善意，会在每个上午询问我晚上的安排，如果我的答案有模糊之处，他就安排一顿简单的晚餐，只有两三个或者三四个人，去奥索餐厅、莫顿餐厅或者他位于罗伯逊大道的寓所。

晚饭之后，我搭出租车回到酒店，然后点好明天上午的墨西哥煎蛋。"只要一个鸡蛋？"电话那一边的人会询问。"正是如此。"我回答道。

我像规划路径一样小心翼翼地规划着这些夜晚。

我不给自己留下任何时间，去思考那些我没法信守的承诺。

你安全了。我在你身边。

在次日的"缤纷晨间"的深深静谧中，我会祝贺自己。

我原本可能会待在克利夫兰。

然而。

我数不清有多少天，我在开车时发现泪水突然蒙住了双眼。

圣安娜的记忆回到我眼前。

蓝花楹的记忆回到我眼前。

有一天下午，我去吉尔·弗兰克的办公室和他见面，那间办公室也在威尔谢大道上，从贝弗利威尔谢酒店向东几个街区即可。在这片先前未知的土地上（已知的是威尔谢大道的西面，而不是东面），我在毫无准备的情况下看到了一家熟悉的影院，我和约翰曾于一九六七年在那里看过《毕业生》。在一九六七年观看《毕业生》时，我并不觉得那是一个重要的时刻。我当时人在萨克拉门托。约翰去洛杉矶国际机场接我。当时买菜做晚饭已经太晚了，但直接下馆子又太早，所以我们就去看了《毕业生》，然后在弗拉斯卡蒂餐厅吃了晚饭。弗拉斯卡蒂餐厅已经成为过去，但电影院仍然伫立在那里，也许只是为了套住那些不够谨慎的人。

这样的圈套还有很多。有一天，我在一则电视广告上注意到一段熟悉的海岸公路，然后意识到这段公路就在我们曾经住过的那间靠近院门的房子外面，位于帕洛斯弗迪斯半岛葡萄牙湾附近，金塔纳降生之后，我们就是将她从圣约翰医院抱到了那里。

她当时才三天大。

我们把她的摇篮放在了盒式花圃的紫藤枝旁。

你安全了。我在你身边。

广告上既看不见那房子也看不见大门，但我却感受到一股记忆的激流突然向我袭来：我会在那段公路下车，打开大门，好让约翰把车开进去；我们曾经看着潮水涨起，淹没了一辆为拍摄广告而停在海滩上的汽车；为了给金塔纳准备婴儿食品，我得给瓶子消毒，而住在那栋住宅的斗鸡非常友善，跟着我从一扇窗户走到另一扇窗户。房东饲养的这只斗鸡名叫巴克，被人丢弃在公路上，房东打趣说，肯定是被"逃命的墨西哥人"扔掉的。巴克的个性十分鲜明，又格外讨人喜欢，和拉布拉多犬有点像。除了巴克外，这栋房子里还养着几只孔雀，它们虽然为房屋增色不少，却没有任何个性可言。这些孔雀不像巴克，它们都很肥，只有迫不得已时才会动上一动。黄昏时分，它们会鸣叫着要飞回搭在橄榄树上的窝，这是它们一天中最为难堪的时刻，因为常常会跌落下来。临近黎明时分，它们会再度鸣叫。有一天我被它们的叫声吵醒，却发现约翰已经不在身边。我找到他时，他正在屋外的黑暗之中，一边从树上摘下青涩的桃子，一边用桃子砸那些孔雀，这样解决烦恼的方法虽然非常直接，但显然毫无作用。金塔纳满月的时候，房东对我们下了驱逐令。租赁协议中有一则条款要求我们不能有小孩，但是房东和他的太太解释说原因并不出在孩子身上。原因在于我们为了照顾孩子，雇佣了一位名叫珍妮弗的美少女。房东和他的太太不希望自己的住宅里（或者用他们自己的话说是"大门里面"）出现任何陌生人，尤其是名叫珍妮弗的美少女，因为她肯定会跟人幽会。我们在城里找了一处几个月的短租房，房东是赫尔曼·曼凯维奇的遗孀，她马上要出门旅行了。她把房子原封不动地留给我们，只收走了一个物件，那就是赫尔曼·曼凯维奇作为《公民凯恩》的编剧赢得的奥斯卡小金人。"你们肯定会在屋里开派对，人们喝醉了就会把它拿出来玩。"她把小金人收起来的时候这么说道。我们搬家那天，约翰正为了给《周六晚报》撰写威利·梅斯的专题而跟随旧金山巨人队采访。我借来了我嫂子的旅行车，把行李都装进去，安排金塔纳和珍妮弗坐进后座，跟巴克道别，开车出门，让那扇状似图腾的大门最后一次在我身后锁上。

回忆竟然有那么多，我甚至都没有开车经过那里。

我只不过是在穿衣服准备去医院时，看了一眼电视上的广告。

还有一天，我正要去卡农街的来爱德药店买一瓶水，突然想起卡农街正是毕斯特罗餐厅的所在。一九六四年至一九六五年间，我们还住在那间面朝海滩背靠孔雀的门房里，我们的钱只够吃饭，连泊车童的小费都给不起，所以我和约翰便常常把车停到卡农街上，然后去毕斯特罗餐厅吃饭。在正式收养金塔纳的那一天，我们也把她带去了那里，当时她还不到七个月大。他们安排我们坐在西德尼·柯夏克①常坐的角落里，然后把金塔纳的婴儿背带摆在餐桌上，犹如餐桌中央的摆饰。那天上午，她是法院里唯一一个婴儿，甚至是唯一一个孩子。那天的其他收养手续牵涉的似乎都是成年人，多半是出于避税的缘由。"多么可爱，多么漂亮"，我们带她去吃午餐时，毕斯特罗的侍应生赞美道。在她六七岁的时候，我们还在那边给她过了生日。那天她穿着一件黄绿色的哥伦比亚式披肩，是我在波哥大给她买的。我们准备离开时，侍应生取来了她的披肩，她动作夸张地将它套在自己纤细的肩膀上。

多么可爱，多么漂亮，长得就像琴吉·罗杰斯一样。

我和约翰一同去过波哥大。我们从卡塔赫纳的一个电影节溜出来，搭上哥航的航班去了波哥大。参加电影节的演员乔治·蒙哥马利也在那趟航班上。他进到了驾驶舱里。从我座位的角度，我能看到他和机组人员说话，然后闪进了飞行员的座位。

我轻轻地推了推约翰，他已经睡着了。"他们让蒙哥马

_____
① 劳工律师、调停人，在好莱坞拥有极大影响力。

利把这架飞机开过了安第斯山脉。"我对他轻声说道。

"总好过卡塔赫纳。"约翰说完又睡着了。

那一天在卡农街上，我没有去来爱德药店。

11

后来金塔纳离开 UCLA 医疗中心，住进了纽约大学医疗中心的瑞斯克康复医学研究院，她一共在那里住了十五个星期。在六月的某个时间点，也就是转院后的第六个星期，她告诉我说，她的记忆已经"彻底昏浊"，不仅关于 UCLA 医疗中心的记忆是如此，关于抵达瑞斯克的记忆也是如此。关于 UCLA 医疗中心，她只有一些零散的记忆，是的，她的记忆基本上中断于圣诞节的前一天（譬如她不记得自己在圣约翰大教堂向父亲致过悼词，而且当她在 UCLA 医疗中心苏醒过来时，她也不记得父亲已经过世），此后便"昏浊"了。后来她纠正说，自己想说的是"浑浊"，但其实并没有必要，因为我完全明白她想要表达的含义。在 UCLA 医疗中心的神经科楼层，那些医生称这类情况为"斑污"，比方说"她的方向感有所改善，但仍然存在斑污"。当我试图重构 UCLA 医疗中心的那几个星期时，我也识别出自身记忆的浑浊。一天之中，有些时候似乎非常明确，而有些时候则一片模糊。我清楚地记得，有一天当院方决定要做气管造口术时，我跟一位医生发生了争吵。医生说，她已经插管接近一星期了。UCLA 医疗中心不允许插管时间超过一星期。我说在纽约的贝斯以色列医院，她插了三星期的管。医生把头扭向别处。"杜克的规矩也是一星期。"他说道，仿佛以为搬出杜克就能解决其中的疑问。可这番话却把我激怒了：杜克跟我有什么关系，我想要这么说，却没有说出口。杜克跟 UCLA 医疗中心有什么关系。杜克在北卡罗来纳，UCLA 医疗中心在加利福尼亚。如果想听听北卡罗来纳的某个人的意见，我自会给这个北卡罗来纳的人打电话。

她的丈夫正坐飞机从纽约赶来，这是我实际说出口的话。总可以等到他着陆吧。

不见得，医生说道，因为已经排好时间表了。

他们决定做气管造口术的那一天，也是他们关掉脑电图仪的那一天。

"一切迹象都非常好，"他们不断地重复，"等做了造口术，她会恢复得更快。其实连着她的脑电图仪已经关掉了，也许你都没注意到。"

也许我都没注意到？

我唯一的孩子？

我那失去意识的孩子？

那天上午我走进重症监护病房，也许都没注意到她的脑电波已经没了？也许我都没注意到她病床上方的那个监视器已经暗掉了，一片死寂？

现在这反倒成了好转的迹象，可我刚注意到它的时候可没有这么想。我记得在《重症监护》里读到，旧金山综合医院重症监护病房的护士会在患者濒临死亡时关闭监视器，因为她们的经验是患者家属会把注意力过分集中在监视器上，而不是濒死的患者身上。我想知道关闭金塔纳的监视器是否也与这样的决心有关。即便在他们明确告诉我情况并非如此之后，我发现我的眼睛依然会避开空白的脑电图仪屏幕。我已经习惯于查看她的脑电波。这是倾听她话语的一种方式。

设备就这样搁在那里不用，我不懂为什么他们就不能让脑电图仪开着。

毕竟有备无患。

我也这么问过。

我不记得他们有没有给我答复。在那段时间里，我提的许多问题都没有得到回答。而他们给我的那些答复多半都没让我满意，比方说"已经排好时间表了"。

那一天，他们反复告诉我，神经科病房的每一位患者都做过造口术。神经科病房的每一位患者都有肌无力的症状，这会给移除输氧管造成风险。造口术会降低气管受损的可能性。看看你右边，再看看你左边，两边的患者都做了造口术。只要服下芬太尼和肌肉松弛剂就能做手术了，麻醉时间不会超过一个小时。造口术几乎不会对外貌造成任何影响，"只有一道浅浅的疤"，"随着时间的流逝，疤痕也许会彻底消失"。

他们不停地向我提及最后一条，仿佛我抗拒造口术的原因在于可能留下疤痕。他们是医生，无论是不是刚刚出师。而我则不是。因此，我担忧的就应该是外貌和肤浅的问题。

事实上，我也不知道自己为什么如此抗拒造口术。

站在如今的角度思考，我自约翰去世起就不断地固执于各种迷信，而这一次的抗拒也出自同样的缘由。如果她不做造口术，那么她明天早上就可能康复，可以马上吃饭、说话、回家。如果她不做造口术，那么我们就能搭乘周末的飞机返回纽约。就算他们不让她坐飞机，我也可以带她去贝弗利威尔谢酒店，我们可以去做美甲，还能一起坐在泳池边上。如果他们不让她坐飞机，我们可以驱车前往马利布，喊上简·穆尔，过几天休养生息的日子。

如果她不做造口术。

这个想法已经不正常了，可我自己不也是吗。

透过蓝色的印花隔帘，我能听到人们对着那些神经功能受损的患者说话，他们有的是夫妻，有的是父子，有的是叔侄，有的是同事。金塔纳右边的病床上躺着一个男人，他在建筑工地遭遇事故而受伤。事故发生时同在工地的工友们都过来看他。他们站在他床边，试着向他解释事故的始末。什么打桩机、驾驶室、起重机，然后我听到一种噪音，我大声呼喊文尼。每个人都说出了自己的版本。每个版本都与其他版本有着细微的不同。这其实很好理解，因为每个人都从不同的角度目睹了事故，但我记得自己想要调停，帮助他们理顺整个事故；对于一位遭受创伤性脑损伤的患者来说，他们提供的说法有太多相互矛盾之处。

"本来就跟平常一样好好的，然后这操蛋的事情就发生了。"其中一位说道。

伤者没作任何回应，他也作不出任何回应，因为他做了造口术。

金塔纳的左边躺着一位麻省来的人，他已经在这家医院住了好几个月。他和妻子原本在洛杉矶探望他们的孩子，他从一架梯子上掉了下来，看似毫发无损。又过了稀松平常的一天，然后他开始说不了话。本来就跟平常一样好好的，然后这操蛋的事情就发生了。现在他又得了肺炎。孩子们来了又走。他的妻子始终陪护在左右,恳切地在他耳边低语。这位丈夫没作任何回应:他也做了造口术。

四月一日(星期四)的下午,他们给金塔纳做了造口术。

到星期五上午,为了取出输氧管而注射的麻醉剂已经代谢完毕,她可以睁开双眼,紧握我的手。

星期六那天,医生告诉我,在转天或者星期一,他们会将她转出重症监护病房,转至七楼的疗后神经观察病房。UCLA医疗中心的六楼和七楼都归神经科所有。

我不记得她在什么时候换的病房,但感觉应该是在星期六之后的几天。

在她转至疗后病房后的一个下午,我在医院餐厅的院子里遇见了那位麻省来的女士。

她的丈夫也已经转离了重症监护病房,正要转到所谓的"亚急性康复机构"。我们两个人都知道,所谓"亚急性康复机构"不过是医疗保险公司和出院协调人员口中疗养院的代称,但我们都没有说破。她想把丈夫转至UCLA医疗中心神经精神病科的急性康复病房,但院方没有接收他。她用的就是这个词,"没有接收他"。她不会开车,所以现在担心该怎么前往亚急性机构,还有空余病房的只剩两家了,一家靠近洛杉矶国际机场,另一家则位于唐人街。孩子们都有工作，毕竟事业为重，他们不可能总开车送她去。

我们坐在太阳底下。

我倾听着。她问及我的女儿。

我不想告诉她，我的女儿将会转至神经精神病科的急性康复病房，那个病房有十一个床位。

有时候，我意识到我就是一只牧羊犬，试着像看管羊群一样，看管那些医生：我向一位实习医生指出水肿的问题；我提醒另一位医生去取一份尿液培养结果，查看福氏袋状导尿管里是否出血了；我坚持要做多普勒超声波检查，查看腿疼的原因是不是血栓，而当超声波显示她的血栓又开始移动时，我又坚持不懈地表示要咨询凝血专家。我写下了想要咨询的专家的电话号码。我提出要自己打电话给他。这些努力不仅没有拉近我和那些年轻住院医师之间的距离（"如果你想要包办这个病例，那我就只能退出了。"一位医生最后说道），反而使我感到愈发无助。

我记得自己在 UCLA 医疗中心学到了许多检查和评分的名称。失用症检查、两点辨别检查、格拉斯哥昏迷评分、格拉斯哥预后评分。我对这些检查和评分的具体内涵都一知半解。我还记得自己在贝斯以色列北院、哥伦比亚长老会医院，以及 UCLA 医疗中心先后学会了许多耐药性医院细菌的名称。在贝斯以色列，我接触到鲍氏不动杆菌，它对万古霉素有耐药性。"所以你才知道这是医院感染，"我记得询问哥伦比亚长老会医院的一位医生时，他这么告诉我，"如果它对万古霉素有耐药性，那感染就发生在医院，因为只有医院里才使用万古霉素。"在 UCLA，我接触到 MRSA（耐甲氧西林金黄色葡萄球菌），它与 MRSE（耐甲氧西林表皮葡萄球菌）相对，他们一开始以为培养出来的是后者，显然更为警觉。"我也说不上原因，但既然你有身孕，最好还是回避一下。"在 MRSE 引发不安之后，一位临床医生向另一位医生做了这样的建议，他还扫了我一眼，大概是觉得我可能不懂吧。医院细菌的名称还有另外几种，但这些才是最厉害的。无论新发的高烧和尿路感染来自什么细菌，所有人员都必须穿上防护服、戴上手套和面罩。它会令护士助理哀声长叹，因为就算是进病房倒垃圾桶，也必须全副武装。UCLA 医疗中心的耐甲氧西林表皮葡萄球菌感染发生在血液中，造成了菌血症。我听闻之后，向检查金塔纳的医生说出了我的担忧，她的血液一旦发生感染，很有可能会引发败血症。

"好吧，你知道的，败血症是一个临床术语。"医生说着，一边继续对她进行检查。

我态度强硬，要他回答。

"她已经患有某种程度的败血症了，"他似乎一脸乐观，"不过我们会继续使用万古霉素，只要她的血压还能维持得住。"

就这样。我们回到了观察她血压是否会下降的阶段。

我们回到了留心观察败血性休克的阶段。

接下来我们就要远眺伊斯特河冻结成冰了。

实际上，我在 UCLA 医疗中心的窗边看到的是一个泳池。尽管后来他们给泳池蓄满水，还过滤了池水（我可以看到池水进入过滤器时形成的小漩涡，以及穿过过滤器后冒出的水泡），池水在阳光下熠熠生辉，周围环绕着户外桌椅，顶上撑着遮阳伞，可是从头到尾，我都没见过有人在里面游泳。有一天，当我眺望泳池的时候，一阵清晰的记忆向我袭来。我记得自己曾经想过一个主意，要把蜡烛和栀子花漂在布伦特伍德帕克那所房子背后的水池里。当时我们正要开一个派对。这个主意浮上心头时，离派对开始还有一个小时，而我已经打扮就绪。我跪在池壁边上点亮蜡烛，用水池的耙子将栀子花和蜡烛摆出随机的图案。我站起身，心满意足地看着自己的成果，收起耙子。可回头一看，却发现栀子花都消失了，蜡烛也熄灭了，小小的烛盘已经湿透，正怒气冲冲地在过滤器入口处颠簸颤动。

它们进不去，因为过滤器已经被栀子花堵住了。派对开始前的余下四十五分钟里，我一直在费力地清除过滤器里浸透的栀子花，从池水里舀出蜡烛，再用电吹风吹干我的连衣裙。

目前为止一切安好。

这份关于布伦特伍德帕克旧宅的记忆里既没有约翰，也没有金塔纳。

不幸的是，其他记忆又跳了出来。有一天，黄昏已过，夜色未浓，我一个人待在那栋旧宅的厨房里，喂我们当时养的一条佛兰德牧羊犬。金塔纳当时在巴纳德学院上学。约翰要去我们位于纽约的公寓待上几天。这段记忆应该是发生在一九八七年末，那段时间里，他开始游说我，觉得我们应该花更多时间待在纽约。而我对此表达了反对意见。突然间，厨房被一束红色闪光填满。我走到窗边，越过侧院里的珊瑚树与两考得①木材，可以看见马尔伯勒街对面的一栋房子前正停着一辆救护车。这片社区的许多房子（包括马尔伯勒街对面那栋）都在侧院里堆着两考得木材。我观望着那栋房子，直到救护车离去，最后一束闪光消失。第二天上午，我出门遛狗时，一位邻居将昨晚发生的事告

---

① Cord，木材单位，主要用于美国和加拿大，一考得等于 128 立方英尺，相当于 3.62 立方米。

诉了我。马尔伯勒街对面那栋房子里的女人在晚饭时变成了一名寡妇，而侧院里的两考得木材对此无能为力。

我给当时人在纽约的约翰打了电话。

即便是在当时，我也觉得那束红色的闪光显然是一道警告。

我说也许他是对的，我们应该花更多时间待在纽约。

坐在 UCLA 医疗中心的窗边远眺这空荡荡的泳池，我看着旋涡袭来，却没有办法令其偏转。这段记忆的旋涡在于它就像萨马拉的宿命约会①。如果我没有打这通电话，金塔纳大学毕业后会不会搬回洛杉矶？如果她住在洛杉矶，那么她是不是就不会因病住进贝斯以色列医院，也不会住进长老会医院，今天也不会住进 UCLA 医疗中心？如果在一九八七年末，我没有误读红色闪光所包含的讯息，今天我是否可以坐进汽车，沿着圣维森特街一路西行，在布伦特伍德帕克的旧宅里找到约翰的身影？仍然站在泳池里？重读《苏菲的选择》？

---

① 出自《塔木德》，一位巴格达商人派遣仆人去市场采购食品，仆人遇见死亡天使，死亡天使摆出一番威胁的姿态。仆人受惊后赶忙回家，借来商人的马匹，赶至一百多公里外的萨马拉，以此逃避死亡天使。商人不解，去市场找到死亡天使，问他为什么要这般威胁仆人，死亡天使说："那不是威胁，那是吃惊，他竟然在巴格达，我明明今晚和他相约在萨马拉见面。"

我难道得把每一个错误都重新体验一遍？如果我偶然回忆起，有一天我们从托尼·理查德森①位于山间的住所出发，一路向圣特罗佩行驶，在街上的咖啡馆喝了咖啡，买好晚餐要用的鱼，我是否也必须回忆起那天晚上我拒绝在月色下游泳，因为地中海已经被污染了，况且我腿上还有一道伤口。如果我回忆起葡萄牙湾的那只斗鸡，我是否也必须回忆起返回那栋房子吃饭前需要驶过的绵长公路，回忆起有多少个夜晚，当我们路过圣选戈高速公路旁的那些炼油厂，我们中间有人却说错了话，或不想再说话，或者猜测对方不想再说话？"每一段记忆，每一种期许，只要其中有牵涉那个对象的力比多，就会被召唤出来，摄住患者的心魂，而力比多的成功脱离也与之相关……值得注意的是，这种痛苦的磨难在我们眼里似乎理所应当。"弗洛伊德这样解释他眼中丧恸运作的原理，他的这番形容很像我经历的那些旋涡。

　　我在那栋位于布伦特伍德帕克的房子里目睹了红色闪光，然后想要逃离它，搬去纽约，可是实事求是地讲，那栋房子如今已不复存在了。在我们卖掉它一年之后，它就被拆掉了，新建的房子比它稍大一圈。有一天我们来到洛

---

① 英国舞台剧和电影导演，1964 年因《汤姆·琼斯》荣获奥斯卡最佳导演奖。

杉矶，恰巧驶过查德伯恩街和马尔伯勒街的交叉路口，却看到房子已经不见了，只是为了节省税费而留下了一道烟囱。我记得房地产经纪人曾告诉我说，如果我们拿出在这栋房子里写作的书，在书里面写下寄语，送给购买房子的人，将具有多么独特的意义。我们照他说的做了。约翰送出了《金塔纳与小伙伴》《小达奇·谢伊》和《红白蓝》，而我则送出了《萨尔瓦多》《民主》和《迈阿密》。当我们坐在车里看着眼前这块平地时，坐在后座的金塔纳突然大哭起来。我的第一反应是愤怒。我想把书要回来。

这条经过纠正的思路是否能阻止旋涡的形成？

几乎没有。

金塔纳高烧不退，只好继续住在疗后病房里，而且有必要用超声心动图检查一番，来排除心内膜炎的可能性。一天上午，她第一次抬起了右手。这是一个极好的消息，因为她的大脑受损主要体现在右侧身体上。躯体动作表明受损神经并没有坏死。结果那一天她一直想要下床，而当我说不会给她帮忙的时候，她像个孩子一样生起闷气来。在我的记忆里，那一天一点都不浑浊。

到四月末，院方认定她的术后恢复已经足够充分，允许她坐飞机转移到纽约。此前他们考虑的问题是机舱内的气压变化，以及出现肿胀的可能性。她需要一位训练有素的工作人员陪行护送。商业航班不予考虑。于是他们安排了一架救护飞机来运送她：先坐救护车从 UCLA 医疗中心行驶到机场，接着坐救护飞机飞往泰特波罗机场，最后坐救护车从机场到达纽约大学医疗中心，她要在那里的瑞斯克研究院接受神经康复治疗。UCLA 医疗中心和瑞斯克进行了多番沟通，用传真发送了许多医疗记录，还准备了一张装有 CT 扫描影像的光盘。他们把日期定在四月二十九日（星期四），连我都开始管它叫"转院日"。可是到了星期四早晨，我正准备在贝弗利威尔谢酒店办理退房手续，却接到了一通来自科罗拉多的电话。医疗航班延误了。那架飞机因为"机械故障"被迫降落在图森市。图森市的维修人员会前来查看，不过那要等到山地时间 ①的上午十点。待到太平洋时间的午后，我们明确地知道了那架飞机已无法起飞。另一架飞机会在第二天上午准备就绪，可第二天是星期五，而 UCLA 医疗中心一贯不在星期五安排转院。于是我便到医院强硬地要求出院协调人员答应在星期五安排转院。

"将转院拖延至下个星期，只会让金塔纳困惑而又沮丧。"我说道，并对自己的立场十分确信。

---

① 比太平洋时间晚一个小时。

"瑞斯克那边完全可以在星期五晚上接收患者住院。"我这么说着，却不那么确信。

"而且这个周末，我在这里没地方可以过夜。"我撒了谎。

待到出院协调人员终于答应在星期五安排转院时，金塔纳已经睡熟了。我来到医院外面，在广场的阳光里坐了片刻，看到一架直升机盘旋着降落到了医院的房顶上。UCLA 医疗中心的房顶上总有直升机频繁地降落，暗示着整个南加州到处都在发生创伤，高速公路偏远路段发生车祸，或是偏僻地区的起重车发生脱钩事故。对于那些还没有接到电话（即便直升机已经着陆，而创伤小组已经推着轮床冲进了验伤科室）的丈夫、妻子、母亲或父亲而言，糟糕的日子就在眼前。我记得在一九七〇年的一个夏日，我和约翰停在新奥尔良市圣查尔斯大道的一个红灯前，注意到我们旁边那辆车的司机突然倒在了方向盘上。他的汽车喇叭响起来。好几位路人跑上前来。一位警官也突然现身。绿灯亮了，我们驱车继续前行。约翰却没办法把那幅画面赶出脑海。"他就在那里。"他后来不断地念叨。他原本活着，紧接着就死了，而我们目睹了整个过程。我们在事发的瞬间看着他。我们比他的家人还要更早地知道他的死讯。

不过是稀松平常的一日。

"然后——就没了。"

转院那天真的到来时，就像一个冷酷无序的梦境。当我在清晨打开新闻频道，看到高速公路上发生了抗议游行，许多卡车司机在抗议油价过高。他们故意将几辆半挂卡车斜插着停放，遗弃在五号州际公路上。目击者称最先停在那里的几辆半挂卡车载有电视台的工作人员。另有几辆 SUV 等在那里把卡车司机从封锁的高速公路上接走。我看着新闻视频，却觉得时空错乱，像是回到了一九六八年的法国。"尽量避免走五号公路。"新闻主播建议道，然后预告说，根据"情报"（大概是来源于跟随卡车司机的那些电视台工作人员），这些卡车司机还会封锁其他高速公路，特别是七百一十号、六十号和十号州际公路。一般情况下，要是发生这样的骚乱，我们很可能没法从 UCLA 医疗中心去往机场，可待到救护车抵达医院时，整个法国事件似乎已经彻底蒸发，而那段梦境好像也被人们遗忘。

如坠梦境的情景还有过几次。我被告知飞机停在圣莫尼卡机场。救护车小组则被告知飞机在伯班克机场。然后我们找人打电话询问，结果被告知飞机停在范奈斯机场。当我们抵达范奈斯机场时，视线里没有任何飞机，只有几架直升机。"那肯定是因为你要坐的是直升机。"救护车小组的一位成员说道。他显然打算就这样把我们扔在那边，继续当天的其他工作。"我不这么认为，"我说，"我们要飞三千多英里。"那位救护车小组成员耸了耸肩，然后消失了。最后我们找到了飞机，是一架赛斯纳喷气机，容得下两位飞行员、两位医护人员和绑着金塔纳的担架，如果我坐在氧气罐上方的工作台上，那么我也能勉强挤进去。我们起飞了。我们飞了一阵子，医护人员拿出一台数码相机，不断地拍摄下方的风景，他说我们正飞过大峡谷。我说我认为那是胡佛水坝拦成的米德湖。我指出了拉斯维加斯的方位。

医护人员继续拍摄照片。

他还在说下方是大峡谷。

凭什么对的人非得是你呢，我记得约翰这么说过。

这是一句怨言、一句控诉，是吵架时的一句气话。

他从来都不明白，在我自己看来，我从来都没对过。早在一九七一年，我们正要从富兰克林大道搬到马利布，我在取下的一幅照片背后发现了一张字条。在我和约翰结婚前，我曾经和另外一个人走得很近，字条就是他写的。字条上写着："你错了。"我不知道自己在什么事情上错了，其可能性仿佛无穷无尽。我把字条烧掉了，从来没有跟约翰提起过它。

那是大峡谷可以了吧。我一边想着，一边在氧气罐上方的工作台上调整坐姿，好让自己看不到窗外的风景。

后来，我们降落在堪萨斯的一片麦田里补充燃料。飞行员和那两位看管飞机跑道的少年达成协议：他们在这边补充燃料，而少年要开着皮卡去麦当劳买汉堡给大家吃。在等候的过程中，医护人员建议我们轮流出来活动身体。轮到我时，我站在柏油碎石铺成的飞机跑道上愣了一会儿，觉得羞愧难当。因为我能在外面自由活动，而金塔纳却出不来，然后我沿着跑道一直走，走到尽头，走到麦苗开始生长的地方。天空下着小雨，气流很不稳定，我开始想象龙卷风即将来临。我们俩都是桃乐茜①。我们都自由自在。我们马上就要逃离这里。约翰在《一无所失》里写到过龙卷风。我记得自己在长老会医院金塔纳的病房里审读终校稿，读到龙卷风的段落时失声痛哭起来。主人公 J. J. 麦克卢尔和特蕾莎·基恩远远地看到龙卷风，一开始黑黢黢的，接着在阳光的照射下变成乳白色，像一条网格花纹的巨蛇直起身子到处移动。J. J. 让特蕾莎别担心，这片区域曾经被龙卷风袭击过，而它们从来不会在同一个地方肆虐两次。

---

① 《绿野仙踪》的女主角，被龙卷风刮到另一个国度，由此开启了一段奇幻的旅行。

龙卷风终于停歇，穿过了怀俄明的界限，没有造成任何灾害。那天晚上，在地处希金森和希金斯交界处的斯特普赖特旅馆，特蕾莎问龙卷风是不是真的不会在同一个地方肆虐两次。"我不清楚，"J.J.说道，"不过听起来挺有逻辑的。就像闪电一样。你很担心。我不想让你担心的。"对于J.J.来说，这番话已近爱的宣告。

回到飞机里，身边只有金塔纳，我取出少年带回的一个汉堡，撕成几片，好跟金塔纳一同分食。她吃了几口后就摇了摇头。医生才允许她吃了一个星期的固态食物，多了就吃不下了。医生还为她准备了饲管，免得她完全吃不下东西。

"我能行吗？"她当时问道。

我选择认定她是在问，她能不能安全抵达纽约。

"当然能行。"我这么告诉她。

我在你身边。你安全了。

她在加利福尼亚当然会顺利，我记得自己在五个星期前这么告诉过她。

那天晚上，当我们抵达瑞斯克研究院时，杰里和托尼正在外面等候救护车的到来。杰里询问一路的飞行情况如何，我说我们在堪萨斯的麦田里分享了一个巨无霸汉堡。"那不是巨无霸，"金塔纳说，"那是个至尊牛堡。"

那一天，当我在长老会医院的病房里审读《一无所失》的终校稿时，我感觉关于J.J.麦克卢尔、特蕾莎·基恩，以及龙卷风那一段的最后一句可能有语法错误。我其实从未正式学过语法规则，依赖的只是自己的语感，但在这个句子里，我没法确定我的语感是否准确。终校稿里的那个句子是这么写的："对于J.J.来说，这番话已近爱的宣告。"换作是我，可能会写成："对于J.J.来说，这番话已然接近爱的宣告。"

我坐在窗边，眺望着哈德逊河上的冰雪，思考着这个句子。对于J.J.来说，这番话已近爱的宣告。写下这样的句子，你绝不会希望它出错，而且这样写下的句子，你也绝不希望它被更改。他怎么写下这个句子的？他当时在想些什么？他想要达成什么样的效果？决定权落在我手里。我做出的任何决定都有可能导致离弃，甚至背叛。那天我在金塔纳的病房里感到痛苦，这是其中一个原因。那晚回到家，我核对了之前的校次和手稿。这个错误，如果它真的是个错误，从一开始就存在了。我把这个句子原样保留了下来。

凭什么对的人非得是你呢。

凭什么最后非得你说了算。

这辈子就这么一次，算了吧。

12

我和金塔纳搭乘赛斯纳飞机飞赴东部，在堪萨斯的麦田里补充燃料的那天是二〇〇四年四月三十日。她在瑞斯克研究院度过了整个五月和六月，还有半个七月，这期间我能为她做的事情微乎其微。我会在傍晚时分驶过东三十四街去探望她，而且大多数时间确实都去了，可是她的治疗从上午八点持续到下午四点，待到六点三十分或是七点时，她已经精疲力竭。她的病情已经稳定下来，已经能够进食。她的病床上还有饲管，但已经没有使用的必要了。她的右腿和右臂开始恢复活动能力。她的右眼也渐渐能转动了，这样就能够阅读了。周末时，如果她不需要接受治疗，杰里会带她出去在就近的地方吃午餐，去影院看电影。他总是和她一同吃饭。朋友们也会陪着他们去外面野餐。只要她还住在瑞斯克，我就能给她窗台上的植物浇水，我就能观察那些医生脚上的帆布鞋有哪些细微的不同，我就能同她一起坐在瑞斯克大厅边上的温室里，观赏池塘里的锦鲤。可一旦她离开瑞斯克，我连这最后一件事情都会被剥夺掉。她再度面临关键时刻，如果她想要恢复健康，就必须凭借自身的力量。

我决定也要用这个夏天，来到我自己的关键时刻。

我目前还没法集中精神开展工作，但可以先把房子收拾妥当。我可以先处理一部分事情，可以先查看久未打开的邮箱。

在此之前，我都只能丧恸，没法哀悼。丧恸是被动的。丧恸会自然地发生。而哀悼是处理丧恸的行为，它需要主动的关切。在此之前，我总有非常迫切的理由，要抹除原本可以给予丧恸的关切，驱逐丧恸的想法，泵入新鲜的肾上腺素，来抵挡当日亟需面对的危机。在此前过去的整整一个季节里，我允许自己倾听的只有一段录音：欢——迎——来——到——U——C——L——A——医——疗——中——心。

我启程了。

我待在洛杉矶的那段时间里，家里陆陆续续收到了一大堆信、书和杂志，其中有一本厚厚的集子，叫作"一九五四届纪念册"，由约翰在普林斯顿的同班同学为即将来临的五十周年聚会而制作。我翻到约翰的那一页。上面写着：

146

"威廉·福克纳曾说，一位作家的讣告应当这么写：'他著书，然后死去。'这些文字并非讣告，至少在二〇〇二年九月十九日还不是，而我仍旧在著书。我会遵从福克纳的教导。"

我告诉自己：这些文字并非讣告。

至少在二〇〇二年九月十九日还不是。

我合上"一九五四届纪念册"。几星期后，我又将它打开，浏览其他人的页面。有一页来自唐纳德·H（"拉米"）.拉姆斯菲尔德，他写道："普林斯顿之后的年岁一片模糊，可日子却像子弹般飞射出去。"我把这一句思考了一番。还有一篇占据三页的回忆文章，来自小兰斯洛特·L（"兰"）.法勒，开篇写道："在我们关于普林斯顿的回忆中，最为精彩的大约是阿德莱·史蒂文森[①]在四年级宴会上做的演说。"

我也把这句思考了一番。

我同一名一九五四届毕业生做了四十年夫妻，而他却从未提过阿德莱·史蒂文森在四年级宴会上做的演说。我试图回想他到底提过普林斯顿哪些事情。普林斯顿的治校格言"普林斯顿为国服务"摘自伍德罗·威尔逊[②]的演讲，他提过好几次，他从中听出了自以为是、误入歧途的意味。

[①] 美国政治家，两度参加总统竞选，皆败给艾森豪威尔，演讲辩论技巧高超，被誉为当时仅次于丘吉尔的天才，普林斯顿大学为其母校。
[②] 美国第二十八任总统，曾任普林斯顿大学教授。

除此之外就没了，只有在我们婚礼之后的几天，他曾经说过（他为什么要说这番话？这番话是怎么跃上他心头的？），他觉得纳森斯合唱团①简直荒谬透顶。事实上，他有时会模仿正在表演的纳森斯成员，因为他知道这样能把我逗乐：故意把手伸进口袋，旋转想象中的玻璃杯里的冰块，歪着下巴的侧脸，撇着嘴的得意的笑容。

> 我记忆中的你——
>
> 我们一同站在被风吹过的陡坡上——
>
> 我们面对着冰霜雨雪，而我们的心充满希望——

四十年来，这首歌一直都是我们两人私底下能会心一笑的段子，而我却记不得它的名字，更别提余下的歌词了。此时此刻，找出完整歌词突然变成了非常迫切的一件事。我只在网上找到了一个条目，来自《普林斯顿校友会周刊》的一则讣告：

> 约翰·麦克法迪恩，一九四六年本科毕业，一九四九年硕士毕业：约翰·麦克法迪恩于二〇〇〇年二月十八

---

① 普林斯顿大学的一个阿卡贝拉合唱团，成员有十至二十人，均为男性，曾在白宫、美国网球公开赛等重要场合演出。

日在缅因州达马里斯科塔市海德泰德村附近逝世，这里是他和他的妻子玛丽－埃丝特最后安居的地方。他死于肺炎，但健康状况已堪忧多年，尤其是妻子的逝世（一九七七年）给他造成了重大的打击。约翰在一九四二年那个"加速"的夏天从德卢斯来到普林斯顿。他在音乐和绘画方面极有天赋，为三角俱乐部①贡献了很多歌曲，包括《我记忆中的你》，这是纳森斯合唱团一首脍炙人口的歌曲。只要有钢琴，约翰就能成为任何派对的生命力。人们铭记着他钻到钢琴底下反弹《闪耀吧，小萤火虫》的风采。从驻扎日本的美国陆军服役归来后，他回到普林斯顿，攻读建筑艺术学硕士学位。毕业后就职于纽约的哈里森和阿布拉莫维茨公司，为联合国设计了一栋大楼。约翰赢得罗马建筑奖后，在一九五二年至一九五三年间，携新婚妻子玛丽－埃丝特·埃奇来到罗马的美国学院，参加了为期六个月的学习。他的私营设计生涯虽然持续的时间并不长，却成果颇丰，最为出名的莫过于华盛顿郊外的狼陷阱艺术中心，在上世纪六十年代，他加入纳尔逊·洛克菲勒州长麾下，担任艺术委员会的第一任执行理事。同届同

---

① 普林斯顿大学的一个剧团，成立于1891年，是美国历史最悠久的高校巡回音乐喜剧剧团。

学与他的孩子卡米拉、卢克、威廉、约翰，以及三位
孙辈，一同沉痛悼念我们这位最值得铭记的成员。

《我记忆中的你》，纳森斯合唱团一首脍炙人口的歌曲。

可玛丽－埃丝特是怎么过世的呢？

这位派对的生命力，最后一次在钢琴底下反弹《闪耀吧，
小萤火虫》，又是多久以前的事情呢？

我要付出多大的代价，才能同约翰讨论这些话题？

我要付出多大的代价，才能再次同约翰讨论话题？随
便什么话题都行。我要付出多大的代价，才能再告诉他一
件令他开心的小事？那会是一件什么样的小事呢？如果我
到时候说出口，会不会令他开心？

在约翰过世前一天或者两天的晚上，他问我有没有注
意，在他刚送去出版社的那本小说《一无所失》里，一共
死掉了多少个角色。他在自己的书房里将死掉的角色列出
了一份清单。而我帮他补充了他疏漏的一个角色。他过世
几个月后，我在他桌上拾起一本便笺，想要记点东西。那
个便笺本上就记着这份清单，他手写的铅笔笔迹很浅。清
单如下：

特蕾莎·基恩

帕兰斯

埃米特·麦克卢尔

杰克·布罗德里克

莫里斯·多德

车里的四个人

查理·巴克尔斯

珀西——电椅（珀西·达罗）

沃尔登·麦克卢尔

这铅笔笔迹为什么会这么浅呢，我思索着。

他为什么要用这支几乎留不下任何字迹的铅笔？

他什么时候开始将自己视作一个死人？

"死与生之间其实没有那么黑白分明。"一九八二年，洛杉矶西达－赛奈医疗中心的一位年轻医生这么告诉过我。当时我们站在西达的重症监护病房里，注视着尼克和伦尼的女儿多米妮克，她在前一晚差点窒息而死。多米妮克安静地躺在重症监护病房里，仿佛睡着了一般，可她却醒不过来。她必须依靠生命维持系统才能够呼吸。

多米妮克就是我和约翰婚礼上的那个四岁的孩子。

多米妮克是金塔纳的堂姐。过去，她总会在派对上留神金塔纳，还带金塔纳去选购舞会礼服，要是我们出门在外，她还会过来陪伴金塔纳。我们有次外出归来后，发现金塔纳和多米妮克在厨房的餐桌上留了一张卡片，上面写着：红色的玫瑰，蓝色的紫罗兰，我希望你不在家，多米妮克也这么想。爱你，母亲节快乐，多和金。

我记得自己心里想着医生在胡说。只要多米妮克还躺在重症监护病房里，她就还活着。尽管她需要借助医疗器械才能活下去，可她确实还活着。这是白。可要是他们关闭了生命维持系统，要过好几分钟，她的生命系统才会停止运转，然后她才会死去。这是黑。

在他活着时，死绝不会有淡淡的痕迹，它没有这样的铅笔笔迹。

任何并非死亡的淡淡痕迹，任何铅笔笔迹，都出现在"他过世的前一天或者两天的晚上"，或者"过世的一两个星期前"。无论怎样，都决定性地在他去世之前。

生与死之间有一条分隔线。

自我从 UCLA 医疗中心返回家中，在那个晚春和紧接着的夏季，我对这条突兀而决绝的分隔线思考良多。五月，我的一位密友卡罗琳·莱利维尔德在斯隆－凯德琳癌症研究中心病逝。六月，托尼·邓恩的妻子罗斯玛丽·布雷斯林在哥伦比亚长老会医院病逝。"久病之后"这个词组，似乎可以用于这两人的情况，其后蔓延出释放、解除和定局的意味。在两人的久病中，死的可能性都曾出现在我们的视野中，它在卡罗琳的身上出现了几个月，而在罗斯玛丽身上，它从一九八九年起就伴随她左右，那时候她只有三十二岁。可即便它预先出现在视野之中，当它真正来临时，这种预知却无法抵挡实际痛失的迅猛和空虚。它仍然黑白分明。两人在最后一瞬间都仍然活着，然后才死去。我意识到，我从未相信过那些话语，那些我为了成为圣公会教徒，参加坚信礼时背诵的话语：我信圣灵，我信圣而公之教会，我信圣徒相通，我信罪得赦免，我信身体复活，我信永生，阿门。

我不信身体复活。

特蕾莎·基恩、帕兰斯、埃米特·麦克卢尔、杰克·布罗德里克、莫里斯·多德、车里的四个人、查理·巴克尔斯、珀西·达罗，还有沃尔登·麦克卢尔都不信。

我信仰天主教的丈夫也不信。

我本以为这种思考方式能够理清我的状况，但实际上它混乱不堪，甚至自相矛盾。

我不信身体复活，但我相信只要在适当的情况下，他会回来的。

他在死前留下了淡淡的痕迹，留下了三号铅笔的笔迹。

有一天，我觉得自己很有必要重读《阿尔刻提斯》。我上一次读它是在十六七岁的时候，那时我写过一篇论欧里庇得斯的小论文，如今回想起来，觉得它也许能同这个"分隔线"的问题联系起来。我记得希腊人多半都擅长谈论由生向死的过渡，而《阿尔刻提斯》是其中的翘楚。他们将其视觉化，他们将其戏剧化，他们将黑色的河水和渡船搬上了舞台。我真的重读了《阿尔刻提斯》。这部剧的故事梗概是这样的：年轻的色萨利国王阿德墨托斯被死神判下死期。阿波罗介入其中，向命运三女神讨得人情，只要阿德墨托斯能找到另一位凡人替他去死，就能免于英年早逝。阿德墨托斯一一恳求朋友和父母，却无人肯应。"我告诉过我自己，我们死后自会在地下长眠，生命短暂，却无比甜蜜。"他的父亲拒绝替他赴死后这么告诉他。

只有阿德墨托斯的妻子，年轻的王后阿尔刻提斯自愿代夫死去。她一步步接近死亡时，众人皆替她哀叹，却无一人上前救她性命。她就这样死去了："我看见那艘双桨的船，我看见那船漂在湖上！还有卡戎，冥河的摆渡人，他把手搁在船桨上，向我呼唤……"阿德墨托斯难忍内疚、羞愧和自哀："唉！你所说的那艘渡船，令我痛苦不堪！噢，我不幸的爱人，我们遭受了多大的劫难！"他做出各种各

154

样卑鄙的行径。他谴责他的父母。他坚称自己所受的苦难比阿尔刻提斯更多。这么过了几页之后（真是受够了），解围之神①以特别牵强的方式登场（即便对公元前四三〇年来说），令阿尔刻提斯起死回生。她并不说话，剧中对此也用牵强的方式予以解释，这是一种暂时的状态，她会自行恢复："在她通过对下界神祇献祭而得到净化前，在第三个黎明升起之前，你将听不到她说话。"如果我们只依循欧里庇得斯的文本，那么这出剧是以喜剧收场。

但这并非我记忆中的《阿尔刻提斯》，这表明即便是在十六七岁的时候，我也惯于一边阅读一边修改剧情。我的记忆和剧本出入最明显的地方是结尾部分，也就是阿尔刻提斯从死境返回的那部分。在我的记忆中，阿尔刻提斯不说话的原因在于她拒绝说话。而我记忆中的阿德墨托斯则逼迫她，却失望地发现她心里所想的都是他暴露出来的卑劣，她实际上还会说话。阿德墨托斯开始害怕，便提议召开庆祝仪式，试图阻绝阿尔刻提斯的控诉。阿尔刻提斯默许了，却与他保持距离。阿尔刻提斯表面上同丈夫和孩子团聚，回归了色萨利王后的位置，但这个结局（"我的"结

---

①Deus ex machina，欧里庇得斯的惯用手法，当剧情陷入无解的境地时，便有一位神灵出来解决纷争，安排命运。此处的解围之神是大力神赫拉克勒斯。

局）显然没有以喜剧收场。

从某些方面来说，修改版的剧情更为合理，因为它至少承认死亡会"改变"死者，但它却在分隔线上衍生出更多问题。如果死者当真要归来，那么他们归来时会知道哪些事情？我们还能面对他们吗？我们这些许可他们死去的人？晴朗的天色告诉我，我并没有许可约翰死去，因为我并没有这种权力，可我会相信吗？他会相信吗？

生者回顾往事，会看见预兆，会看见他们错失的信息。

他们记得枯死的树木，他们记得跌撞在车顶上的海鸥。

他们的生活遍布着象征符号。他们会从各种地方读出意义，从废弃电脑里成堆的垃圾邮件中，从失灵的删除键中，甚至在决定更换键盘后，会从想象的遗弃中读出意义。电话答录机仍然用的是约翰的声音。我明明知道用他的声音完全是随机的，跟答录机最后一次录音时是谁在场有关，但如果重新录制，我会感到自己背叛了他。有一天，我坐在他的书房里打电话，无心地翻动着他书桌上总是平摊在那里的词典。当意识到自己的所作所为时，我一下子惊慌失措了：他最后一次查找的是什么单词，他当时在思考什么？把书页翻过之后，我是不是已然错失了那个信息？还是说那个信息早在我碰触词典前就已经遗失了？我是不是在拒绝聆听那个信息？

我告诉你我活不过两天，高文说道。

那年夏末，普林斯顿还给我寄来了另外一本书。那是《真诚忏悔》的第一版，用书商的话来说，就是"品相良好，原版护封稍稍有些变旧了"。实际上，那是约翰自己的样书：他显然是将这本书寄给了那位负责组织一九五四届五十周年聚会的同学，想要用作同窗著作的展示。"这本书摆在最显要的位置，"这位同学在信中跟我说道，"因为毫无疑问，约翰是我们班最杰出的作家。"

我细细地查看了这本《真诚忏悔》稍稍有些变旧了的原版护封。

我还记得自己第一次看这张护封，或者是这张护封打样时的情景。它就像其他设计提案、打样和新书护封一样，在我们家搁了好几天，我们的考虑是想看看它是否赏心悦目又百看不厌。

我打开书，翻到献辞页。上面写着："献给多萝西·伯恩斯·邓恩、琼·狄迪恩和金塔纳·罗奥·邓恩／三代人。"

我对这句献辞已经印象全无。我没能充分地领会他的意思，在那个阶段，我所有的经历中都包含这个挥之不去的主题。

我重读了《真诚忏悔》，发现它远比我记忆中的印象要阴暗。我重读了《竖琴》，书里记载了我们一起观看《战俘集中营》，一起去默顿餐厅吃晚饭的那个夏天，却与我的记忆不同，阳光没有那么明媚。

　　那个夏末原来还发生过其他事情。

　　八月，我们参加了一位熟人的追悼会（这件事情本身并非我所指的"其他事情"），他是个六十多岁的法国网球运动员，因意外事故而去世。那场追悼会安排在贝弗利山的一座网球场里。"我妻子也赶来参加追悼会，而我刚按约定时间去圣莫尼卡看了医生，直接从那边赶来。"约翰在《竖琴》里这么写道，"我坐在八月炽热的阳光下，满脑子都想着死亡。我觉得安东的死法对他来说最合适不过，只有一瞬间的恐惧，他意识到这场意外避无可避的结局，一瞬间过后便是永恒的黑暗。"

　　　追悼会结束了，泊车员替我取来车。我们驱车离开，我的妻子开口问道："医生怎么说的？"

　　　之前在追悼会上，我们一直都没有合适的机会聊我去圣莫尼卡看医生的事情。"他把我吓得屁滚尿流，宝贝。"

　　　"他怎么说的？"

"他说我以后很可能会心脏病发作死掉。"

继续往后翻了几页，约翰审视起这段（他自己的）叙述的真实性。他写到自己改了一处人名，对一件事情作了戏剧性的重构，稍微打乱了一处时间顺序。他自问："还有没有其他不符合实际的情况？"他给出了如下答案："当我告诉妻子，他把我吓得屁滚尿流时，我哭了起来。"

要么是我没记住这件事，要么就是我果决地选择了遗忘这件事。

我没能充分地领会他的意思。

他死时也有那番体验吗？"只有一瞬间的恐惧，他意识到这场意外避无可避的结局，一瞬间过后便是永恒的黑暗？"由于心脏病会挑选一个特定的时间发作，在这个意义上，其机制可以被解读为一起意外事故：一阵突发的痉挛致使冠状动脉里的血小板聚集物形成血栓，进而引发局部缺血，而心脏一旦缺氧，就会导致心室颤动。

可他是如何体验心脏病发作的？

那"一瞬间的恐惧"，那"永恒的黑暗"？难道他写《竖琴》时，就已经凭借直觉准确地预感到了临终的景象吗？我们平时在准确地表述或者感知某个事物时总会说"抓对点"了，他的预感抓对点了吗？"永恒黑暗"的那一部分又是如何？那些险些跨进鬼门关的幸存者不都会提到"白光"吗？我写到这里，突然想到，这道带有诡怪色彩的"白光"（天国和高阶力量的证明），实际上不是正好和大脑血流减少后导致的缺氧一致吗？"天地都变得一片空白"，那些低血压患者这么形容他们昏倒前的那个瞬间。"所有颜色都被抽得一干二净"，那些内出血患者这么描绘他们失血量突破临界值的那个时刻。

在一九八七年夏末发生的"其他事情"，便是去圣莫尼卡如约看过医生，并在贝弗利山的网球场参加过追悼会后发生的一系列事。大约一星期后，约翰去做了血管造影。片子显示他的左前降支动脉阻塞了百分之九十。片子还显示他的左回旋支动脉狭窄也是百分之九十，医生认为这是主要病灶，因为左回旋支动脉供血的心脏区域和左前降支动脉是一样的。"老兄，我们管它叫寡妇生产仪"，约翰那位纽约的心脏病医生这么跟他形容左前降支动脉。造影一两个星期后（当时已是九月，但洛杉矶仍然是夏天），约翰又做了血管成形术。手术两星期后，运动负荷超声心动图显示手术效果"好得惊人"。六个月后的运动负荷超声心动图也肯定了手术的成功。后来几年的铊元素扫描，以及一九九一年的血管造影都对手术结果予以同样的确证。我回想起我和约翰对一九八七年发生的事情持有不同的观点。在他看来，他已经被判了死刑，只不过暂时缓期执行。他常常说，在一九八七年的血管成形术后，他已经知道自己今后会如何死去了。在我看来，我们非常幸运，及早发现了他的毛病，而且手术介入非常成功，问题已然解决，病灶已然被清除了。我记得自己说过，跟我或其他人相比，你并不能更加准确地预知自己会如何死去。如今我才意识到，他的看法其实更切合实际。

13

我通常会把我做的梦讲给约翰听，这么做并不是为了
理解这些梦境，而是为了将它们抛至脑后，为迎接新的一
天清理好头脑。"别又跟我讲你做的梦。"我在早晨醒来时，
他会这么说，不过到最后他还是会倾听。

他过世后，我有一段时间不再做梦了。

他过世后的那个初夏，我重新开始做梦。由于我再也
不能将它们转移给约翰，只好自己思索起这些梦境来。我
在上世纪九十年代中期写过一本小说，《他最不想要的东
西》，里面有几段是这么写的：

> 当然了，我们没必要查看这最后六段笔迹，就能
> 够知道埃琳娜在做什么梦。
>
> 埃琳娜的梦里有行将死去。
>
> 埃琳娜的梦里有渐渐衰老。

每个人都做过（都还会做）埃琳娜的梦。

我们都知道。

可问题在于埃琳娜不知道。

问题在于埃琳娜最为疏远的正是她自己，她就像一个伪装过度的秘密特工，以至于跟自己的线人失去了联络。

我意识到埃琳娜的处境正是我的处境。

有一次梦里，我正要把一条编织腰带挂到壁橱里，它却突然断成了两截。只有总长度三分之一的那截刚好掉到我的手上。我把这两截拿给约翰看。我说（或者是他说，梦里谁搞得清呢）这是他最喜欢的那条腰带。我决定（跟之前一样，我觉得做了决定，我应该是做了决定，半梦半醒的大脑会要我去做正确的事）给他找一条一模一样的编织腰带。

换句话说就是修补我弄坏的东西，带他回来。

这条断掉的编织腰带，很像在纽约医院他们交给我的那个塑料袋里装的那条腰带，这一点没有被我疏忽掉。而有个想法也一直在我脑海里盘旋：我弄坏了它，是我干的，我负有责任。

在另一个梦里，我和约翰正搭乘飞机前往檀香山。同行的还有很多人，大家在圣莫尼卡机场集合。派拉蒙公司为我们安排了航班。制片助理正在向大家分发登机牌。我登上飞机。然后出了问题。其他人正在登机，可我却看不到约翰的身影。我担心他的登机牌有问题。我决定应该下飞机，去车里等他。当我在车里等候时，意识到飞机正在一架架起飞。最后大家都走了，跑道上只剩下我一个人。我在梦里首先感到的是愤怒：约翰居然丢下我不管，自顾自地登机了。接着，我的怒火转移了对象：派拉蒙公司真是考虑不周，没有把我们安排到同一架飞机上。

"派拉蒙公司"为什么出现在这个梦里需要另行讨论，与我们现在的思考并不相干。

思考这个梦时，我想起了《战俘集中营》。在这部剧里，随着剧情发展，那些受到囚禁的英国女子离开日本集中营重获自由，并到新加坡与她们的丈夫团聚，可这场团聚并不全是温馨。有几位女子认为，她们的丈夫在某种程度上应当为牢狱之灾负责。撇开合理性的问题不谈，她们觉得自己受到了遗弃。当我一个人被丢在飞机跑道上时，我是否也觉得受到了遗弃，我是否因为约翰把我丢在身后，而对他生气？一个人，有没有可能同时感受到愤怒和内疚这两种情绪？

我知道精神病学家会怎么回答这个问题。

答案会牵涉那个著名的理论，愤怒会引发内疚，反之亦然。

我并不怀疑这个答案，可是那幅未经审视的画面显然更意味深长，我一个人被丢在圣莫尼卡机场的跑道上，看着飞机一架架起飞，这画面犹如一个谜团。

我们都知道。

可问题在于埃琳娜不知道。

我在大约凌晨三点三十分醒来，发现电视仍然开着，放着MSNBC[1]频道。当时乔伊·斯卡伯勒或者基思·奥尔贝曼正在同一对夫妻对话，他们是一趟从底特律飞往洛杉矶的西北航空三二七号航班（我特意把航班号记下来，好告诉约翰）上的乘客，这架飞机上举行了一场"恐怖袭击演习"。参加演习的有十四位"阿拉伯人"，他们在飞机从底特律起飞后，开始在经济舱外集合起来，一个个进入经济舱。

荧幕上接受采访的这对夫妻表示，自己和乘务人员交换了信号。

飞机在洛杉矶降落。十四位"阿拉伯人"的签证"都过期了"（这个设定似乎让MSNBC频道觉得很奇怪，我倒没这么觉得），他们受到拘留，然后被释放了。每个人（包括荧幕上的这对夫妻）都继续各自的日程安排。那并不是

---

[1] 微软全国广播电视台。

一场"恐怖袭击"，那只是一场"恐怖袭击演习"。

我得去梦里和约翰讨论讨论。

或者说这究竟是不是一个梦？

谁是这场梦的导演，他会在乎吗？

我是不是必须凭借梦境和写作，才能弄清自己的所思所想？

当白天在六月变得愈发漫长时，我逼迫自己在客厅里吃饭，那里可以照到落日的斜晖。自从约翰过世，我就开始独自在厨房吃饭（餐厅太空旷了，而客厅的餐桌则是他死去的地方），可当白天越来越长时，我有一种强烈的感觉，那就是他会希望我在这余晖下吃饭。可随后白天又渐渐缩短，我又退回到厨房吃饭。我开始花更多晚上独自待在家里。我会说我在工作。待到八月来临时，我确实是在工作，或者尝试着工作，尽管我本身也不想出去，不想暴露在人群中。有一天晚上，我发现自己从橱柜取出的并不是自己惯用的盘子，而是一个陈旧的斯波德制盘子，这种"威克戴尔"样式如今已经不再制作了，上面还带着裂纹，跟它配套的盘子大多都碎掉了。我们本来有一整套，上面绘有蓝花和小朵玫瑰的花环，以及淡褐色的叶子，是约翰租住在东七十三街时，他母亲送给他的，那会儿我们还没结婚。

约翰的母亲已经过世了，约翰也过世了。我却依然拥有这种"威克戴尔"样式的斯波德瓷器，一共有四个正餐大盘、五个沙拉盘、三个黄油盘、一个咖啡杯和九个咖啡碟。我喜欢这些盘碟胜过其他所有的。到夏天快结束的时候，我会在洗碗机堆满四分之一的时候就把盘子洗掉，这样就能确保要用盘子的时候，那四个"威克戴尔"样式的正餐大盘里，至少有一个是干净的。

那个夏天的某个时间点，我突然意识到约翰从来没给我写过信，一封都没有。我们很少长时间或长距离地分隔两地。当只有一人参与电影制作时，我们会分开一星期、两星期，最多三个星期。一九七五年，我在伯克利分校开了一个月的课，我会在平日讲课，每个周末都搭乘太平洋西南航空公司的航班回到洛杉矶的家中。我们在一九八八年也分开过一段时间，约翰去爱尔兰为他的小说《竖琴》做一些调查，而我在加利福尼亚报道总统预选的盛况。每逢这样的情况，我们每天都会通好几次电话。我们把高额的电话费算作日常开支，就好像把高额的酒店费用算作日常开支一样，这样我们就能把金塔纳带在身边，飞到某个地方，同一时间在同一间酒店套房里一同工作。所以我的纪念物中没有信件，有的却是我们住在酒店套房时他送给我的一些物件：有一个圣诞节，我们在檀香山给一部电影救急重写剧本（结果最后也没拍成），他送给我一个轻薄小巧的黑色闹钟。在那些圣诞节里，我们并不交换"礼物"，我们挂到圣诞树上的都是一些实用的小物件。这个闹钟在他过世前一年停住了，当时怎么也修不好，在他过世后，我更是没法将它丢掉。我甚至必须把它摆在床头柜上，不愿意将它收起来。我还有一组水彩笔，也是那个圣诞节他送给我的，也是出于实用的目的。那个圣诞节，我画了许多幅棕榈树，风中摇曳的棕榈树，树叶低垂的棕榈树，被科纳风暴吹弯了腰的棕榈树。这些水彩笔早已经写干了，我却没法将它们丢掉。

我记得就在那一年的新年夜，我在檀香山体会到如此深刻的幸福感，令我都不想入睡了。我们三个拨通客房服务电话，点了鱵鳅和马诺阿生菜油醋沙司。我们给用于重写剧本的打印机和电脑盖上花环，试图营造节日的氛围。我们找出蜡烛，把它们点亮，还把金塔纳卷好准备挂在树下的彩带拿出来玩。约翰一直在床上读书，后来在十一点半左右睡着了。金塔纳则下楼看热闹去了。我看着约翰熟睡的样子。我知道金塔纳很安全，她下楼看酒店里有没有什么事情可以凑热闹（有时候独自一人，有时候则拉上苏珊·特雷勒，我们在檀香山工作的时候，她常常会跟着金塔纳一块儿来），毕竟她只有六七岁嘛。我坐在阳台上，看着下方的维艾勒伊乡村俱乐部的高尔夫球场，喝光了我们晚饭时打开的那瓶红酒，看着四下的烟火照亮檀香山的整个天空。

我记得约翰送给我的最后一份礼物。那天是我生日，二○○三年十二月五日。纽约从上午十点左右开始下雪，到晚上，积雪已有七英寸厚，还有六英寸厚的雪飘在空中。我记得街对面圣詹姆斯教堂的板岩屋顶有积雪塌落。我原打算跟金塔纳和杰里去餐厅吃顿饭，现在也只好取消了。晚饭之前，约翰坐在客厅的炉火旁，大声读书给我听。他朗读的是我写的小说《公祷书》，当时他想要重读一遍，仔细体会其中的写作技巧，所以将它放在了客厅里。在他大声朗读的那部分里，夏洛特·道格拉斯的丈夫伦纳德前去拜访故事的叙述者格雷丝·施特拉塞尔－蒙达娜，告诉她，她家人生活的那个国家里，事情正在往不妙的方向发展。这部分的叙述顺序十分复杂（实际上，约翰打算在重读时体会的正是这种叙述顺序的写作技巧），不断地被其他事件阻断，要求读者能够辨识出伦纳德·道格拉斯和格雷丝·施特拉塞尔－蒙达娜之间对话的深层文本。"妈的，"约翰合上书，对我说道，"以后别跟我说你没有写作的才能。这句话是我送你的生日礼物。"

我记得泪水涌了上我的眼眶。

我现在还能感受到它们的湿润。

回顾往事，这便是我的预兆、我的信息，那提早而至的降雪，那份没有其他人可以送我的生日礼物。

　　约翰的生命还余下二十五个夜晚。

14

夏天的时候，我曾有一段时间感到脆弱和不安。凉鞋可能会让我在人行道上被绊到，我得趔趄几步才不至于摔倒。可要是稳不住呢？要是我摔倒了，该怎么办？哪里会摔破呢，谁会查看我腿上冒出来的血，谁会喊出租车，谁会在急诊室里陪伴我？我回到家后，又有谁会陪着我呢？

我再也不穿凉鞋了。我买了两双彪马牌帆布鞋，然后就只穿这两双。

我也开始晚上不再关灯睡觉了。如果房子里黑黢黢的，我就没法起身去做笔记、拿书，或者去确认有没有把燃气炉关掉。如果房子里黑黢黢的，我就只能躺在床上一动不动，脑海里闪过各种各样居家险情的画面，书本会从书架上滑落，将我压倒；玄关的地毯可能会打滑；洗衣机出水管里的水可能会弄湿厨房，却无法在黑暗中察觉，然后把那个开灯检查燃气炉的人电死。第一次察觉到这种慎而又慎的小心是在一个下午，我认识的一位年轻作家来到我家，询问他能不能帮我写一篇专访。我听见自己说："太着急了，现在的我还没法写。现在的我绝不能写。"我记得自己过度强调着这一点，挣扎着要恢复平衡、避免摔倒。

我后来对此思考了一番。

我意识到，当时的我没法信任自己，觉得自己没法向这个世界展现出一张连贯的面容。

几天后，我整理着散落在屋子各处的几期《代达罗斯》[①]。在那个时期，我试图安排自己的生活，而整理杂志似乎是我所能抵达的边界。我十分谨慎，不想把这个边界扩得太远。我翻开了一期《代达罗斯》。里面有一则罗克萨娜·罗宾森写的故事，名叫"盲人"。这篇故事里，一个男人黑夜里在雨中开着车，要去某地做个演讲。读者很快就可以获知其中的危险信号：这个男人现在想不起他演讲的主题，他把那辆租来的车开进了快车道，变道时全然没注意到身后有一辆 SUV 正要超车。书里提到了一个名叫"朱丽叶"的人，她似乎遭遇了什么麻烦。随着剧情的展开，我们慢慢得知原来朱丽叶是这个男人的女儿，她先从大学休学，接着在医院接受康复治疗，之后与父母和姐姐到乡间休养了几个

[①] 美国一种经过同行评议的学术杂志，每一期都涉及一个关于艺术、自然科学或者人文科学的主题，也会刊登小说和诗歌。

星期，却在此后第一个独处的夜晚吸食了过量的可卡因，脑动脉爆裂而死。

这个故事在好几个层面上都令我不安，最明显的莫过于孩子爆裂的脑动脉，但其中一个层面是：这个父亲因此变得脆弱和不安。这个父亲就是我自己。

实际上，我和罗克萨娜·罗宾森有一点交情。我想了想要不要给她打电话。对于这些我正开始学习的人生知识，她是个行家。但给她打电话会有点奇怪，有点打搅的意思：我才见过她一次，还是在一场天台鸡尾酒会上。于是我又想了想，在熟识的亲朋里，有没有人失去过丈夫、妻子或是孩子。我尤其会回想在他们失去亲人的那一年或者后一年，当他们意外地被我撞见时（比方说在街上撞见，或者突然进入一个房间），都有着怎样的面容。令我印象深刻的是，在每一次意外的相逢中，他们的面容是多么生涩。

多么脆弱，我现在明白了。

多么不安。

我翻开另一期《代达罗斯》，这一期的主题是"幸福"的概念。其中有一篇关于幸福的文章，作者是俄勒冈大学的罗伯特·比斯瓦斯－迪纳，以及伊利诺伊大学厄巴纳－香槟分校的埃德·迪纳和马娅·塔米尔。这篇文章写道，尽管"研究表明人们可以在不到两个月的时间内，适应各种不同的人生经历，既有好的经历，也有坏的经历"，但是"人们对特定人生经历的适应会非常缓慢，甚至最终都无法完全适应"。失业便是这样的一种人生经历。"我们还发现，"作者补充道，"失去伴侣的女人平均都要用好几年的时间，才能恢复丧夫前的生活满意度。"

我的情况会接近这些遗孀的平均值吗？我"丧夫前的生活满意度"到底又是多少？

我去看了医生，例行的随访。他问我最近过得还好吗。其实我应该料到，在医生的办公室里多半会出现这个问题。然而我的泪水却突然夺眶而出。这位医生是我们的朋友，我和约翰都出席过他的婚礼。他的妻子是我们一对朋友的女儿，我们住在布伦特伍德帕克时，跟他们住对门。婚礼就在他们的蓝花楹树下举行。在约翰过世后的最初几天，这位医生来过家里。金塔纳还住在贝斯以色列北院时，他也曾在星期日的一个午后过来陪我，并跟病房的医生聊了聊。当金塔纳住进哥伦比亚长老会医院（他就在这家医院工作，但金塔纳并不是他的患者）时，他每晚都会过来看她。当金塔纳住在 UCLA 医疗中心，而他又恰巧来到加利福尼亚时，他抽出一个下午的时间来到神经科病房和那边的医生聊了聊。他跟他们聊过后，又询问了哥伦比亚那边的神经科医生，然后把一切都解释给我听。他是位和善而真挚的朋友，总是给予我帮助和鼓励。可我给他的报答，却是在他的办公室里大哭起来，因为他问我最近过得还好吗。

"我实在是看不到这日子哪里还有正面可言。"我听见自己这么解释道。

后来他跟我说，如果约翰当时也坐在他的办公室里，他肯定会觉得我说的话很奇怪，因为医生自己也这么觉得。"当然了，我知道你想表达的意思，约翰肯定也会知道，你想说的是，你身处在这黑暗的隧道里，看不到尽头有任何曙光。"

我向他表示同意，但真实情况并非如此。

我想说的意思其实跟我表达的基本一致：我实在是看不到这日子哪里还有正面可言。

当我思考这两种表述的区别时，突然意识到，按照我原先对自己的设想，我竟是一个可以在任何情况下寻找并找到正面的人。我竟然相信了流行歌曲的逻辑。我曾寻找乌云背后透出的阳光。我曾穿过暴风骤雨。如今我意识到，这些甚至不是我这代人的歌曲。这些歌曲以及它们的逻辑来自于上一代，甚至上上一代。我这一代人听的是莱斯·保罗和玛丽·福特，以及《月儿高高》，其中的逻辑完全不同。我还意识到一件事情，这个想法虽然并非由我原创，但对我来说仍然十分新颖，那就是这些早年歌曲的逻辑，它们的根基都是自怜自哀。如果歌曲在寻找着乌云背后透出的阳光，那么歌手就相信乌云遮挡了她的前路。如果歌曲穿过暴风骤雨，那么歌手就相信这暴风骤雨本有可能将她击倒在地。

我反复告诉自己，我的整个人生都非常幸运。在我看来，这种心理暗示意味着我现在没有资格自认不幸。

这实际上是一种伪装，伪装自己能够超脱自怜自哀的问题。

我甚至真的相信了。

直到后来我才开始怀疑："运气"和我的人生到底有什么关系呢？我回顾人生，却找不到哪里有"运气"的位置。（有一次，我在接受检查后发现自己得了一种可以治好的病，但要是不治的话，以后会越来越难治。我便对医生说："运气不错。""我可不觉得是运气好，"她说，"我觉得治疗就是按部就班。"）我也不相信杀害约翰、击倒金塔纳的是厄运。当金塔纳还在西湖女子学校读书时，她曾经提过，在她看来坏事的分布一点都不公平。九年级时，当她从约塞米蒂度假归来，却听到斯蒂芬叔叔自杀的消息。十一年级时，她本来在苏珊家过夜，却在早晨六点半被叫醒，获知了多米妮克遇害的消息。"我在西湖的绝大多数同学，从来没有哪个认识的人死掉过，"她说道，"可自从我去那边上学，我的家人却遭遇了一起谋杀和一起自杀。"

"公平自然会在最后到来。"约翰说道。这个答案令我困惑不已（到底什么意思，他难道就不能说得更清楚一点？），却好像令金塔纳十分满意。

几年之后，苏珊的父母在一两年内接连死去，苏珊问我是不是还记得，约翰曾经跟金塔纳说公平自然会在最后到来。我说我记得。

"他说得没错，"苏珊说，"确实如此。"

我记得自己受到了震动。我从没想过，约翰的意思是坏事最终会降临到每个人头上。她们肯定有人理解错了，要么是苏珊，要么是金塔纳。我向苏珊解释道："约翰想表达的完全不是这个意思：他的意思是那些遭遇坏事的人，最终也会收获他们应得的好事。"

"这完全不是我想表达的意思。"约翰说。

"我明白他想表达什么意思。"苏珊说道。

莫非是我全都理解错了？

我们来思考一下"运气"的问题。

我不仅不相信杀害约翰、击倒金塔纳的是厄运，实际上我的信念恰好站到了它的对立面：我相信自己本可以阻止这一切的发生。只有在梦到我被丢在圣莫尼卡机场的跑道上之后，我才明白，至少在意识中的某一个层面上，我不认为自己应当负责，我认为约翰和金塔纳才应该负责，这是一个意义深远的区别，却没法将我带到要去的地方。这辈子就这么一次，算了吧。

15

在约翰过世几个月后，在二〇〇四年初的冬日，在金塔纳已经离开贝斯以色列北院和长老会医院，但还没有住进 UCLA 医疗中心的时候，《纽约书评》的罗伯特·西尔弗斯问我，要不要帮我提交申请，领取民主党与共和党全国大会的采访许可证。我查了一下日期：民主党全国大会将于七月末在波士顿召开，而共和党全国大会将于劳动节①的前一个星期在纽约召开。我回答说可以。在当时，这看似是一种投入正常生活的方式，却又不需要立即进入这种生活，可以再等上一两个季节，待到春天过去，夏天到来，秋天临近。

春天来了又走，我基本上都待在 UCLA 医疗中心。

七月中旬，金塔纳从瑞斯克研究院出院了。

十天之后，我动身前往波士顿，报道民主党全国大会。

①美国的劳动节为九月的第一个星期一。

我没有预料到，新获的脆弱也将跟着我来到波士顿，这明明是一座免于棘手的联想的城市。我只跟金塔纳去过一次波士顿，还是为了新书签售。我们当时住在丽兹酒店。在这趟签售之旅中，她最喜欢的一站是达拉斯。她发觉波士顿"全是白色"。在金塔纳回到马利布讲述一路的见闻时，苏珊·特雷勒的母亲问道："你的意思是在波士顿没看到多少黑人吗？""不是的，"金塔纳说道，"我的意思是这座城市的颜色很单调。"我最近几次去波士顿都是只身前往，而且每次都安排好行程，赶最后一趟航班回来。我记忆中唯有一次和约翰一同前往波士顿，是为《真诚忏悔》的电影举行试映会，而那次我仅有的印象就是先在丽兹酒店吃了午饭，然后陪约翰去布克兄弟专卖店挑了件衬衫，然后（试映已经结束，反馈也已评估完毕）就听到了关于这部电影的令人气馁的前景展望：只有在受教育年限超过十六年的成人观众群体中，《真诚忏悔》才会有良好的市场表现。

这一次，我不会入住丽兹酒店。

也没有必要再去布克兄弟专卖店。

尽管那边还有市场调查员，但他们传达的坏消息将与我无关。

直到我走到舰队中心球馆，参加全国大会的开幕式时，我才意识到犯错的空间依然存在，而此时我已经泪流满面。

民主党全国大会的第一天是二〇〇四年七月二十六日，而金塔纳的婚礼则是在二〇〇三年七月二十六日。当我排队通过安检的时候；当我从新闻中心取来材料的时候；当我找到自己座位的时候；当国歌奏响，我起身行注目礼的时候；当我从场馆的麦当劳买来汉堡，坐在围栏内阶梯的最低一级将它吃掉的时候，那一天的一幕幕场景都浮现在我眼前。我的脑海里有一个盘桓不去的短语，"在另一个世界里"。金塔纳坐在客厅的阳光里，化妆师给她编着头发。约翰问我更喜欢哪一条领带。我们在教堂外的草坪上打开一盒盒鲜花，摇落花环上的水珠。约翰举杯向全体宾客致意，金塔纳切开了婚礼蛋糕。他在那一天和婚礼中感受到的快乐，以及她水晶般晶莹的幸福。约翰挽着她走向祭坛，向她轻声说："比多一天更多。"

在他去贝斯以色列北院的重症监护病房探望她的那五天里，他都会对她轻声地说："比多一天更多。"

而在随后他缺席的那些日日夜夜，我都会对她轻声地说："比多一天更多。"

而在我们安葬他骨灰的那天，她身穿黑色长裙，站在圣约翰大教堂里，说道：就像你总是对我说的那样。

我记得自己被一番铺天盖地的确信攫住，我必须离开舰队中心，就现在。我体验过的恐慌屈指可数，但近在眼前的显然就是恐慌。我记得为了让自己平静下来，我把这场景看作是希区柯克的电影，每一个令人惊吓的镜头都出自刻意的安排，本质上都是人为的取巧，不过是一场游戏。比如我的座位离存放气球的托网很近，待会儿托网一收，气球就会从这里飘落下去。比如场馆高空的走道上，似乎总有人影晃来晃去。比如包厢上方的通风孔里似乎有水汽或烟雾飘出来。我从座位上逃开，却踏入了一条条看似无处可去的走廊，我面前的墙壁变得歪歪斜斜（因此，我设想的希区柯克电影便是《爱德华大夫》）。比如自动扶梯似乎停滞不前。比如升降电梯似乎不受按钮的控制。而等到我终于下了楼，在锁住的玻璃墙（我靠近时，它也变得歪歪斜斜）外，一辆空无一人的通勤列车停靠在北站站台，车门却向铁轨敞开。

我终于逃出了舰队中心。

我回到帕克豪斯酒店的客房，通过电视收看了当晚余下的议程。昨天我走进帕克豪斯酒店的这间客房时，有过一种似曾相识的感觉，但把它抛到了脑后。直到现在，当我收看着 C-SPAN 频道，听着空调以其自身的节奏时转时停，我才想起：当我还在伯克利读书的时候，我曾在大三、大四之间的那个暑假，在帕克豪斯酒店的一间客房里住过几晚。我当时去纽约参加了《小姐》杂志举办的高校推广活动（他们的"客串编辑"项目，西尔维娅·普拉斯的《钟形罩》便是她对这次活动的纪念），返回加利福尼亚前，还要先去波士顿，再去魁北克，这是一趟教育之旅，我隐约记得是出自母亲的安排。早在一九五五年，这里的空调就已经开始按自身的节奏时转时停了。我记得自己一直睡到了下午，起来后十分难受，于是搭地铁去了坎布里奇，在那里漫无目的地游荡了一番，然后又搭地铁返回。

这些一九五五年的记忆碎片以如此碎裂（或者说"斑污"，甚至可以说"浑浊"）的形态（我到底在坎布里奇做了什么，我到底能在坎布里奇做些什么呢？）出现在眼前，我觉得自己难以把握它们。但我努力尝试了，因为只要思考一九五五年的夏天，脑海里就不会出现约翰或金塔纳。

在一九五五年的夏天，我搭乘火车从纽约来到波士顿。

在一九五五年的夏天，我搭乘另一列火车从波士顿来到魁北克。当时我住在芳堤娜城堡酒店，那里的客房连浴缸都没有。

母亲们是不是总会把自己梦寐以求的教育之旅强加到她们的女儿身上？

我是不是也这么做了？

这条路显然走不通。

我试着回到更遥远的过去，回到一九五五年之前，回到萨克拉门托，回到圣诞节假期的高中舞会上。这一次我觉得安全了。我回想着我们相拥在一起跳舞的模样。我回想起舞会结束后，我们总是去河边。我回想着坐车回家时河堤上的浓雾。

我试着把注意力集中在河堤的大雾上，却陷入了睡眠之中。

我在凌晨四点醒来。河堤大雾最麻烦的一点在于你看不到道路上的白线，得有人走在汽车前头指引司机。不幸的是，我人生中还有一处地方也有着这样浓的雾，令我必须走在汽车的前头。

那栋位于帕洛斯弗迪斯半岛的房子。

金塔纳只有三天大的时候，我们将她抱回了这座房子。

当你驶出海港高速公路和圣佩德罗港后，开上海上的高架桥时，你就会遭遇大雾。

你（我）会下车，沿着白线走在前头。

而驾驶那辆车的正是约翰。

保险起见，我没有坐等恐慌的来临。我叫了出租车奔赴洛根将军国际机场。在达美快线外的星巴克买咖啡时，我转过头，不去看红白蓝三色的商标周围的装饰花环，它大概包含喜庆的寓意，却显示出孤苦绝望的色彩，犹如热带的圣诞节。Mele Kalikimaka。夏威夷语中的圣诞快乐。

我没法丢掉的黑色闹钟。我没法丢掉的写干的水彩笔。在飞往拉瓜迪亚的航班上，我记得自己在思考着，所有那些最美的景色都是在飞机上看到的。美国壮美的西部正在我身下展现。极地航班飞过北极时，海中岛屿逐渐变成陆上湖泊。横亘在希腊和塞浦路斯中间的晨曦中的大海。飞往米兰时越过的阿尔卑斯山。所有这些景象，我都和约翰一同欣赏过。

失去了他，我如何能够重返巴黎，重返米兰、檀香山或波哥大？

我连波士顿都去不成了。

在民主党全国大会的一两个星期前，《纽约时报》的丹尼斯·奥弗比发表了一篇关于史蒂芬·W.霍金的报道。据《纽约时报》称，在都柏林的一场研讨会上，霍金博士说，他曾在三十年前断言，被黑洞吞噬的信息永远都无法取回，但他现在认为曾经的观点不对。这一思想变化"对科学来说具有重大的意义"，《纽约时报》写道，"因为如果霍金博士所言不虚，就会彻底颠覆现代物理学的一条基本原则，我们将总是有可能令时间倒流，将这现实世界的胶片倒带播放，重构已然发生的一切，比如说相撞的两辆汽车，或者塌缩成黑洞的恒星"。

我剪下这则故事，然后把它带到了波士顿。

对我而言，这则故事似乎包含某种紧迫的东西，可我当时分辨不出，直到一个月后，在麦迪逊广场花园，在共和党全国大会的第一个下午，我才终于明白。当时我站在C塔区长长的自动扶梯上。上一次在花园坐这种扶梯还是和约翰一起，那是在十一月，就在我们飞赴巴黎的前夜。我们同戴维和简·哈尔伯斯坦夫妇一同前去观看湖人队和尼克斯队的比赛。戴维通过 NBA 总裁大卫·斯特恩弄到了票。湖人队赢得了比赛。雨水沿着扶梯上方的玻璃墙流淌下来。"这是好运，也是好兆头，是个很棒的启程方式"，我记得约翰这么说道。他所指的不是席位靠前，不是湖人队赢得比赛，也不是下雨，他指的是我们做了一件通常不会去做的事情，对他来说具有特别的意义。我们的生活已经没有乐趣了，他最近开始反复地这么说。然后我会出言反对（我们不是做了这件事吗，我们不是做了那件事吗），但我其实明白他想说的是什么意思。他指的是不因为他人的期望，不因为惯性的力量，也不因为身上的责任，而是因为自身的欲求去做某件事情。他指的是欲求。他指的是生活。

这趟巴黎之旅，曾经令我们吵起架来。

这趟巴黎之旅，约翰说他非去不可，如果去不成，他这辈子就再也见不到巴黎了。

我仍然站在C塔区的自动扶梯上。

另一个旋涡出现了。

我上一次在麦迪逊广场花园报道全国大会是在一九九二年，那次开会的是民主党。

约翰会一直等我，等到十一点左右我来到曼哈顿上城，和我共进晚餐。我们在这些炎热的七月的夜晚漫步到科科·帕佐，在这家酒吧里找张没人预定的桌子，分食一份意面和一份沙拉。这些深夜的晚餐时间里，我感觉我们从未讨论过全国大会的事情。在那年大会前的星期日下午，我说服他陪我去上城参加路易斯·法拉堪的活动，可主角却没有现身，那次活动的安排有点太过于随意，而在我们沿着第一二五街返回下城的路上，他对一九九二年民主党全国大会的耐心基本上消耗殆尽了。

依然。

他每天都会等我吃饭。

我在C塔区的自动扶梯上思索着这一切，而后突然意识到：在这座扶梯上，我只花了一两分钟，就回想了二〇〇三年我们飞赴巴黎前的那个夜晚，一九九二年我们在科科·帕佐吃饭的那些七月的深夜，还有我们站在第一二五街上，等候并未兑现的路易斯·法拉堪活动的那个下午。我站在扶梯上回想着这些日日夜夜，却没有妄想能够改变它们的结局。我意识到自从二〇〇三年的最后一个清晨，也就是他过世后的第一个清晨起，我便一直试图扭转时间的流向，将胶片倒带播放。

如今是二〇〇四年八月三十日，已经过去八个月了，我仍然在回忆。

不过区别在于，在过去的八个月里，我始终都在试图给结局替换一卷不同的胶片。而现在，我只是试着重构汽车的相撞，重构恒星的塌缩。

16

　　约翰说过我们的生活已经没有任何乐趣，我也说过我明白他想说的是什么意思。

　　他说的这句话跟乔和格特鲁德·布莱克夫妇有关，一九八〇年十二月，我们与这对夫妇相遇。当时我们跟随美国新闻署到了印度尼西亚，与当地的作家、学者交流，为他们讲学。有一天上午，我们在日惹的加查玛达大学上课，布莱克夫妇出现在我们的课堂上。他们显然是一对美国夫妇，却在爪哇岛中部这个偏远的异域热带城市显得特别自在，他们面容舒展，脸上的神采令人过目难忘。"对于I.A.理查兹的批评理论，"我记得那天上午有位学生向我提问，"您有什么看法？"乔·布莱克当时五十多岁，格特鲁德要比他年轻一两岁，不过我猜她也有五十多岁了。他从洛克菲勒基金会退休后来到日惹，在加查玛达教授政治科学。他在犹他州长大，年轻时曾在约翰·福特的《要塞风云》里当过群众演员。他和格特鲁德一共有四个孩子，其中一个在上世纪六十年代遭遇了重大挫折。我们只跟布莱克夫妇聊过两次，一次就在加查玛达大学，另一次在第二天，他们来机场为我们送行。不过有趣的是，这两次交谈都特别坦诚，仿佛我们四人一同被困在了某座岛屿上。这么多年来，约翰常常会提起布莱克夫妇，每一次都将他们当作典范，代表他眼中最优秀的美国人。对他而言，布莱克夫妇有某种独特的意味。他们是榜样，他们的人生代表了他最终想要过上的那种生活。由于他在过世之前几天提起过他们，于是我用他的电脑搜索了他们的名字。根据名字，我找到了一个文档，名叫"某某某随想"，约翰为了让自己的新书成形，就在电脑里创建了好几个用来记笔记的文档，这是其中一个。他们名字后面的笔记非常含混："乔和格特鲁德·布莱克，服务的观念。"

他这句话的意思我也明白。

他想成为像乔和格特鲁德·布莱克那样的人。我也是。我们没有做到。那天上午的填字游戏，有一条线索是"一点点消磨"。答案是五个字母的单词："waste"（浪费）。这就是我们的所作所为吗？在他眼里，这就是我们的所作所为吗？

当他表示我们的生活已经没有乐趣的时候，我为什么没有听从他?

为什么没有试着去改变我们的生活?

根据电脑上的时间记录,这个名叫"某某某随想"的文档,最后一次修改的时间是二〇〇三年十二月三十日下午一点零八分,正是他去世的那一天,比我保存那个以"'流感'怎么会恶化成全身感染"收尾的文档晚了六分钟。当时他应该在他的书房里,而我在我的书房里。我已经无法阻止思维的扩散。我们本可以一起改变生活。不一定非要到爪哇岛中部的大学教室去(我的臆想还没有到达把整套方案付诸实践的程度,况且约翰的意思也不是要去爪哇岛中部的大学教室),但我们可以一起改变。这个名叫"某某某随想"的文档一共有八十页。那天下午一点零八分他保存文档时,到底添加或修改了什么内容,我已经无从知晓。

17

　　丧恸是一个我们实则并不了解的境地，只有在真正抵达后，了解才能达成。我们可以预测，我们甚至可能知道那些亲近的人会在何时死去，但是对于这一预想中的死亡，我们并不会预想到紧跟其后的那几天或者那几个星期。我们甚至错解了那几天或那几个星期的本质。我们也许能预料到，突如其来的死亡会令我们陷入震惊，却预料不到这种震惊将涤荡身心，令两者都陷入混乱。我们也许能预料到，我们会因丧亲而垂头丧气、伤心欲绝、几近疯狂，却预料不到自己会真的患上精神病，会陷入"冷静"的状态，其实心里还相信自己的丈夫会归来，会用得上那些鞋子。在我们想象出来的丧恸中，我们最终将得到"治愈"。前进的力量将占据主导地位。最痛苦的是最开始的那几天。在我们的想象中，最严峻的考验会是葬礼，而在此之后，我们假定的治愈将逐步发生。当我们预想葬礼的时候，会担心自己无法"支撑过来",无法应对得体,无法展现出"坚强",因为这些是我们谈论面对死亡的正确方式时千篇一律地会提及的内容。我们预想要为那个时刻振作起来：我还能不能和人打招呼，我还能不能从容地结束仪式，甚至我能不能自己穿好衣服？我们并不知道，这些都不成问题。我们并不知道，葬礼本身是一剂止痛药，是一种麻醉性的回归，我们被包裹在他人的关怀中，被包裹在仪式本身的庄严和意义中。我们也无法预知葬礼之后的状况（而这才是我们想象中的丧恸与真实丧恸的根本区别），紧随而来的是无休止的缺失，是空虚，是意义的对立面，我们迎头撞上了无意义的体验，它以无情的姿态步步紧逼。

小时候，我就对无意义有过很多思考，在当时的我看来，它是我视域中最为突出的负面因素。我先是在人们通常最推荐的渠道里寻找意义，但连续几年都一无所获，然后我想到可以在地质学中寻找意义，我真的做到了。这份经验又使得我在教会的祷文中找到了意义，其中最为真切的莫过于：正如太初直到现今，万古而常新，永无穷尽。我将它解读成一种白描，描绘了地球的恒常变迁、山峦和海岸的不断侵蚀，以及地质结构无法阻挡的改变，它可以托起山峦和岛屿，也可以将它们夷为平地。我发觉地震深深地令我感到心满意足，即便我自己也身处其中，因为它是地球运动的谋划突然显现的明证。这一谋划可能会摧毁人类的工事，尽管每个个体将为此扼腕，但在我关切的更为广阔的图景中，那永远都是微不足道的小事。无人看顾麻雀。[①]无人看顾我。正如太初直到现今，万古而常新，永无穷尽。

在新闻宣布广岛被原子弹轰炸的那一天，这些话立即出现在十岁的我的脑海里。几年之后，当听闻内华达州试验场上升起了蘑菇云时，我又想起了这些话。我开始在黎明前醒来，幻想着内华达州核试验爆炸后出现的火球会照亮萨克拉门托的天空。

后来，在结婚并开始抚养孩子之后，我学会了在家庭生活日复一日的仪式中找到同等的意义。摆好桌子。点亮蜡烛。生好炉火。煮饭烧菜。所有的舒芙蕾，所有的焦糖布丁，所有的炖牛肉、肉丸汤和秋葵汤。清洁的床单、叠好的干净毛巾、风暴时用的防风灯，以及足够的食物和水，确保我们能够安然挺过任何地质异常事件。我当时心里想到的是：我正是凭借这些零星碎片勉力支撑，抵御覆灭。[②]这些零星碎片对我来说意义重大。我相信它们。地质学和核爆试验对个人命运毫不关心，妻子和母亲这两种角色的本质

---

① 改自福音圣歌《他既看顾麻雀》，原词歌颂上帝对信徒的眷佑。
② 出自 T.S. 艾略特的《荒原·雷霆的话》。

却非常个人化，我在这两种不同的体系中找到意义，并不感到矛盾；于我而言，这两种系统平行共处，偶尔互相交错，尤其是发生地震的时候。在我的脑子里，始终有一个未经核实的想法，约翰的死期和我的死期，这两条轨迹会在最终的那个时间点交错。最近，我在互联网上找到了帕洛斯弗迪斯半岛的航拍照片，这是我们刚结婚时住的地方，也是我们从圣莫尼卡的圣约翰医院抱回金塔纳时住的地方，我们把她的摇篮放在了盒式花圃的紫藤枝旁。这些航拍照片属于加利福尼亚海岸记录项目，目的是为了记录加利福尼亚的整条海岸线。这些航拍照片没法确凿地看清楚，但是我们当时住的那栋住宅似乎已经不见了。大门立柱似乎完整保留了下来，但是余下的结构显得非常陌生。原来属于盒式花圃和紫藤的地方，好像变成了游泳池。这片区域被标识为"葡萄牙湾山崩区"。从照片上可以看到山崩的区域，山体确实塌陷下去了。从照片上还可以看到，海岬的一处悬崖底部有一个洞穴，在过去，我们常常趁潮水涨起时游到洞穴中去。

那里会涨起清澈的海水。

这便是我的两套系统相互交错的一种方式。

也许在我们趁着涨起的海水游进洞穴的时候，整片海岬会塌陷下来，落入海水将我们团团包围。整片海岬落入海水将我们团团包围是一种我预想过的结局。我没有预想过晚饭餐桌边的心跳骤停。

你坐下来吃晚饭，你所熟知的生活就此结束。

自怜自哀的问题。

丧恸之人会陷入对自怜自哀的思考。我们担忧它，惧怕它，痛斥脑子里任何与之相关的迹象。我们害怕自己的行为会暴露真实状况，别人会说我们"沉溺其中"。我们明白大多数人都厌恶这种"沉溺"。哀悼如果不避人耳目，就会令人回想起死亡，人们认为这样的行为并不自然，是对自身处境的某种失控。"你只失去了一个人，仿佛整个世界荡然无存，"菲利普·阿里耶斯在《西方对待死亡的态度》里对这种厌恶这样写道，"但任何人都不再有权利把这种感受大声说出来。"我们不断地提醒自己，我们自己的损失比起死者所体会（更糟糕的是，他们甚至可能没能体会）的损失，根本不值一提；这番自我纠正的思考只会让我们更深地扎进顾影自怜的深渊之中。（我为什么看不明白，我为什么这么自私。）我们思考自怜自哀时所用的语言透露出对怀有这种感情的深刻痛恨：自怜自哀是为自己感到难过，自怜自哀是幼稚的吮拇指癖好，自怜自哀是唏嘘可怜自己，自怜自哀是那些为自己感到难过的人在放任自己，甚至堕落其中。自怜自哀既是最常见的人格缺陷，也是最受人斥责的人格缺陷，我们不假思索地认同它具有恼人的破坏力量。海伦·凯勒将它称为"我们最可怕的敌人"。我从未见过哪只野生动物／为自己感到难过，D.H.劳伦斯在一首四行说教诗里这么写道。这句诗常常被人引用，但仔细审视之下，除却偏见外，诗句中基本没有任何内涵可言。一只冻死的小鸟会从枝头跌落／却从来不为自己感到难过。

也许劳伦斯（或者我们）愿意相信野生动物的天性就是如此，但不妨想想海豚，它们在伴侣死后会拒绝进食。不妨想想鹅，它们会动身寻找失却的伴侣，最后迷失方向而死去。实际上丧恸有着迫切的缘由，它甚至是一种迫切的需求，丧亲者必须为自己感到难过。丈夫会抛弃妻子，妻子会抛弃丈夫，婚姻会破镜难圆，但这些丈夫和妻子的亲朋好友仍然健在，尽管有些关系会令他们不快。只有那些失去了亲人的人才真正地被单独抛下。那些维系他们人生的各种关系会全部消失，无论是深厚的，还是看似（直到它们断裂）并不重要的。我和约翰做了四十年夫妻。约翰在《时代》周刊的任职结束于我们婚后第五个月，之后我们便一同在家里工作。我们每天共处二十四个小时，这对我的母亲和阿姨们来说，既是人生一大乐事，又似乎是不祥的征兆。在我们婚后的前几年里，她们中总有人常常说：

"贫穷或富裕都能相守，只有天天的午饭对付不来。"我数不清有多少次，在某个寻常的日子里，我想起了什么事情，觉得应该告诉他才行。这种冲动并没有随着他的过世而终止。终止的是获得回应的可能性。我在报纸上读到有趣的新闻，通常都会读给他听。我注意到周边的一些变化，他通常都会对此感兴趣：比如夹在第七十一街和第七十二街中间的那家拉尔夫·劳伦专卖店扩充了店面，又比方说麦迪逊大道书店搬走后腾出来的店面现在终于租出去了。我记得八月中旬的一个上午，我从中央公园回到家中，有几件紧急的事情要告诉约翰：一夜之间，树梢上夏日的深绿色就变浅了，季节已然在改变。我们得为秋天做好打算，我记得自己这么想着。我们得做好决定，感恩节、圣诞节以及新年夜要去哪里过。

直到我进门把钥匙丢在桌子上，才终于想起来。已经没有人聆听这些事情了，那个没有做好的打算，那个未竟的想法，也已经没有地方可以付诸实施了。再也没有人表示赞同，出声反对，跟我斗嘴。"我想我终于开始明白，为什么丧恸的感觉就像悬而不决，" C.S. 刘易斯在他的妻子过世后写道，"它的源头在于那么多习以为常的冲动都受到挫败。思绪复思绪，感觉复感觉，行动复行动，都把 H[①] 当

---

① 指他的妻子乔伊·戴维曼，H 指代她鲜少使用的名字海伦。

作它们的对象。可如今这个对象不在了。我像取箭拉弦一样保持着自己的习惯，然后我回忆起来，只好把弓放下。太多的路径将思绪引向 H。我选了一条往前走。可如今这条路上却拦着一处禁止通行的关卡。曾经有那么多通畅的路径，如今却变成了那么多的死胡同。"

换句话，我们不断地被独自留下，只能关注自身，而自怜自哀便从这一源头中汩汩涌出。每一次它出现时（它现在仍然会出现），我都会被那条分隔线永恒的阻绝所击倒。有些失去丈夫或妻子的人说他们能感觉到那个人的存在，会受到那个人的指导。有些人表示自己真的亲眼看见，而弗洛伊德在《哀悼与忧郁》中称其为"以一厢情愿、幻觉丛生的精神病为媒介，抓住对象不肯松手"。其他人的描述中虽然没有肉眼可见的鬼魂，却还是有一种"非常强烈的存在感"。这两者我都没有体验到。有过那么几次（比如说 UCLA 医疗中心的医生想给金塔纳做造口术的那一天），我下意识地询问约翰该怎么做。我说我需要他的帮助。我说没法独自做这个决定。我把这些话真切地大声说了出口。

我是一名作家，为他人构想台词和行动对我来说就像呼吸一般自然。

然而每一次，这些希望他能够在场的请求最终只让我更深地认识到，一道终极的沉默已然将我们分隔。他给出的任何答案都只存在于我的想象中，都是我的自导自演。对我而言，通过自导自演来想象他的话语是一种亵渎、一种侵犯。我再也没法知道，对于 UCLA 医疗中心和造口术，他会怎么想；我也无法了解，他是不是故意要以那样的措辞描写 J. J. 麦克卢尔、特蕾莎·基恩以及龙卷风。在我们的想象中，我们知道对方所思所想的一切，即便我们并不一定想知道。可我发现事实并非如此，对于那些应当知道的事情，我们反而一无所知。

要是我出了什么事情，他常常会这么说。

你不会出事的，我会这么回答。

可要是真出了事。

要真出了事，他继续说道。假设要是他真出了事，我不会把家搬到面积稍小的公寓里。要真出了事，我周围会有很多人陪伴。要真出了事，我得想办法把这些人的肚子喂饱。要真出了事，我会在一年之内另嫁他人。

你不明白，我会这么说。

事实上，他确实不明白。我也不明白：我们同样无法设想，没有另一半，生活将会是什么样子。妻子或丈夫的过世，会让一些人发现新的人生，或者催促他们认识到"你的爱并不局限于一个人"（失去亲人的人如果有个早慧的孩子，这孩子就有可能说出这番话），然而我们两人的关系并非如此。当然了，人们也许还能爱上别人，但婚姻却与此不同。婚姻是记忆，婚姻是年华。"她没听过那些歌曲"，我记得一位朋友的朋友在试图再婚后这么说过。婚姻也不只是年华：矛盾的是，它也是对年华的否认。结婚四十年来，我都通过约翰的双眼看自己。我没有变老。自从我二十九岁起，今年是头一年通过其他人的双眼看自己。自从我二十九岁起，今年是头一年意识到，眼中的自己要比真实的自己年轻许多。今年我还意识到，我关于金塔纳三岁时的记忆总是令我身受重击，是因为金塔纳三岁时，我正好三十四岁。我记得杰拉尔德·曼利·霍普金斯曾经写道：玛格丽特，你是否在为金色丛林的落叶 / 而丧恸不已？以及人类生而向死，/ 玛格丽特，你为之丧恸的正是你自己。

人类生而向死。

我们并非纯粹的野生动物。

我们是带有瑕疵的凡人，终有一死，即便将这个想法推开，我们还是会意识到这个问题，况且人的复杂性也会逼迫我们这样想。当我们哀悼逝世的亲友时，我们多少也在哀悼自己。哀悼我们的曾经。哀悼时间的一去不复返。哀悼我们终有一天也将不在人世。

埃琳娜的梦里有行将死去。

埃琳娜的梦里有渐渐衰老。

每个人都做过（都还会做）埃琳娜的梦。

我们在时间的学校里成长，/ 我们在时间的火焰里燃烧。德尔莫尔·施瓦茨又写道。

狄兰·托马斯的遗孀凯特琳曾在狄兰死后写过一本《荒度余生》，我记得自己曾经鄙夷过这部作品。我记得自己曾轻视甚至批判她的"自怜自哀"，她的"悲悲戚戚"，她的"沉溺其中"。《荒度余生》出版于一九五七年。当时我才二十二岁。我们在时间的学校里成长。

18

二〇〇四年十月，当我开始写这本书时，我并不清楚约翰是如何死亡、为何死亡以及何时死亡的。我当时在场。我目睹了救护小组努力将他抢救回来的情景。可我仍然不清楚他的死亡方式、死亡原因和死亡时间。二〇〇四年十二月上旬，在约翰去世将近一年后，我收到了医院的尸检报告和急救室记录，这些文档我早在一月十四日就向纽约医院申请过了，那是在约翰去世两个星期之后，是我将噩耗告知金塔纳的一星期前。我查看一番后，意识到投递这份报告之所以花了这么久的时间，是因为我把医院申请表格里的地址填错了。我当时已经在曼哈顿上西区同一条街的同一个地址住了十六年。然而写给医院的地址却完全是另外一处，那里是我和约翰在一九六四年结婚后住过五个月的地方。

我向一位医生提过这个差错，他只是耸了耸肩，仿佛他的耳朵已经被这种故事磨出了老茧。

他当时说的要么是这种"认知障碍"可能与压力过大有关，要么是这种认知障碍可能与丧恸有关。

话说完没几秒钟，我就已经不记得他说的是什么了，这也是这种认知障碍的一种表现。

据医院的急救科护理档案记载，我在二〇〇三年十二月三十日晚九点十五分给急救服务中心打了电话。

据门卫登记的门禁日志记载，救护车在五分钟后，也就是晚上九点二十分抵达。据护理档案记载，在接下来的四十五分钟里，救护人员通过直接注射或静脉输液，给约翰输入了如下药物：阿托品（3剂）、肾上腺素（3剂）、升压素（40个单位）、胺碘酮（300毫克）、大剂量肾上腺素（3毫克），以及又一次大剂量肾上腺素（5毫克）。根据这份档案，患者当场就被插了管。但我对此没有任何印象。要么是记录这份档案的人出了错，要么就是我的认知障碍又一次发作了。

据门卫登记的门禁日志记载，救护车在晚上十点零五分驶往医院。

据急救科护理档案记载，患者在晚上十点十分被送去查验病情。他的心跳和呼吸都已经停止。他已经没有脉搏。

超声检查也显示没有脉搏。大脑没有任何反应。肤色非常苍白。格拉斯哥昏迷评分只有三分，这已经是最低的评分了，它表明约翰已经没有睁眼反应、言语反应和运动反应了。他的右额和鼻梁上有伤口。两个瞳孔都已经固定且放大。档案中还记有"尸斑"二字。

据急救科医生记录记载，他在晚上十点十五分见到患者。这份医生记录的结尾是："心跳停止。送达医院前已死亡，可能是心肌大面积梗死。晚上十点十八分宣告死亡。"

据护理流程记载，晚上十点二十分，静脉输液管和喉内气管被拔出。晚上十点三十分的记录是"妻子陪在床边——乔治、社工，和妻子一起陪伴在床边"。

据尸检报告记载，检查表明左主干动脉和左前降支动脉的狭窄都超过了百分之九十五。检查还表明"氯化三苯基四氮唑染色显示心肌略微苍白，表明左前降支动脉处发生了急性梗死"。

我反复阅读了这份文件。实际耗费的时长表明，纽约医院的处置正如我之前所想的那样，仅仅是登记在册，仅仅是医院的惯例流程，仅仅是对死亡的常规处理。可每次阅读这份官方档案，我都会注意到新的细节。比方说，我第一次阅读急救科医生记录时就没有注意到"DOA"（送达医院前已经死亡）这三个字母。第一次阅读急救科医生记录时，我大约还在消化急救科护理档案的内容。

"固定且放大的"瞳孔。FDP。

舍温·努兰曾说："这些顽强的年轻男女看着他们患者的瞳孔不再对光亮作出反应，然后放大成了固定的圆圈，里面深埋着无法穿透的黑暗。尽管小组成员很不甘心，他们还是停止了抢救……抢救失败后，手术室里散落着各种器具的残骸。"

固定的圆圈，里面深埋着无法穿透的黑暗。

是的。在我们的客厅里，救护人员在约翰的双眼里看到的正是这种黑暗。

"尸斑"。死后的尸斑。

我知道"尸斑"是什么意思，因为它是侦探小说里的常见元素。侦探们会将其指出，用来确定死亡的具体时间。血液循环停止之后，血液会受到重力影响，积聚在身体下方被压住的那些部位。这些血液要积聚一定的时间才能看出来。但我记不得具体要花多少时间了。约翰书桌上方的架子上摆着一本法医病理学手册，我将它取来查找"尸斑"的条目。"尽管尸斑多种多样，但它通常会在死后立即形成，并在一到两个小时后达到肉眼可见的程度。"如果在晚上十点十分，尸斑对于查验病情的护士来说已经达到了肉眼可见的程度，那么它在一小时前就开始形成了。

而一个小时之前是我打电话叫救护车的时候。

这就意味着他在那个时候已经死了。

在餐桌上那一瞬间之后，他再也没有活过。

我已经知道自己今后会如何死去了，在一九八七年做了血管成形术扩张了左前降支动脉后，约翰这么说道。

跟我或其他人相比，你并不能更加准确地预知自己会如何死去，而我在一九八七年这么回答道。

老兄，我们管它叫寡妇生产仪，他在纽约的心脏病医生谈到左前降支动脉时曾经这么说过。

整个夏天和秋天，我愈发集中注意力，想要找出到底是什么异常事件导致了约翰的死。

出于理性，我明白它是怎么发生的。出于理性，我同许多医生聊过这个问题，他们也将死因告诉了我。出于理性，我阅读了《新英格兰医学杂志》上戴维·J.卡兰斯的文章："尽管在大多数心源性猝死的案例中，死者生前都曾患有冠心病，但对于百分之五十的患者来说，心脏骤停是这种潜在疾病的第一次显现……突发的心脏骤停主要发生在非住院患者身上；实际上，约有百分之八十的心源性猝死案例发生在家中。非住院患者一旦出现心脏骤停，想要令他们再度复苏，成功率会非常低，即便是在大型城市的中心，其比率也只有百分之二到百分之五……如果复苏抢救晚于心跳停止后八分钟，那么基本上就只能徒劳无功了。"出于理性，我阅读了舍温·努兰的《我们如何死去》："当心脏骤停发生在医院之外，只有百分之二十到百分之三十的人能活下来，他们是那些很快被心肺复苏术抢救过来的人。送达医院时已经没有反应的患者，其存活率基本为零。"

出于理性，所有这些我都知道。

然而我并没有理性地生活。

如果真的可以理性地生活，那么我就不会沉浸于那些只有对爱尔兰守灵①来说才算正常的幻想了。我就不会在听闻朱莉亚·柴尔德②的死讯时，体验到如此独特的一种解脱感，一种如此明确的这样才说得通的感受：约翰可以和朱莉亚·柴尔德共进晚餐了（这是我想到的第一个念头），她负责做饭，约翰跟她打听战略情报局的往事，他们可以互相打趣，他们都很喜欢对方。他们曾在推广各自的图书时，一同做过一顿早饭。她送过一本《妙手厨师》给约翰，还在里面写下寄语。

---

① 爱尔兰传统的丧葬仪式，亲人和邻里会齐聚一堂，一同回忆死者的人生，其中没有悲伤，更像是一种派对。
② 美国知名厨师、作家、电视节目主持人，二战时曾加入战略情报局。

我在厨房里找到了那本《妙手厨师》，然后翻到那句寄语。

上面写着："祝约翰·格雷戈里·邓恩有个好胃口。"

祝约翰·格雷戈里·邓恩、朱莉亚·柴尔德，以及战略情报局都能有个好胃口。

如果真的可以理性地生活，我就不会如此密切地关注互联网上的"健康"故事和电视上的医药广告。比方说我就很厌烦拜耳公司的一则商业广告，里面说小剂量的阿司匹林能够"显著地降低"心脏病发作的风险。我很清楚阿司匹林是怎么降低心脏病发作的风险的：它能阻止血液形成血栓。我明知约翰一直都在服用香豆素，它的抗凝血功能要比阿司匹林强大许多。可我却仍然会受到困扰，担心自己可能做了蠢事，忽略了小剂量阿司匹林的神效。我还厌烦加州大学圣迭戈分校和塔夫茨大学合作的一项研究，它表明在圣诞节和新年的十四天假期里，心脏病死亡的案例要比平日多百分之四点六五。我厌烦范德堡大学的一项研究，它证明红霉素如果和常用的心脏病药物一同服用，会将心脏骤停的发病概率提高五倍。我厌烦一项抑制素研究，它表明患者一旦停止服用抑制素，心脏病发作的风险会骤然升高百分之三十至百分之四十。

回忆这些往事时，我意识到我们总是认为自己能够阻止死亡的发生，我们的内心始终都向这种讯息敞开。

还有一种与之相关的惩罚会大摇大摆地进入我们的内心，如果死亡真的将我们攫住，我们能责怪的就只有自己。

只有等到读完尸检报告，我才开始相信那些人们不断向我诉说的：我或他所做的或没做的都不可能导致他的死亡，也不可能阻止死亡的发生。他先天就心脏不好。这最终会取走他的性命。我们已然通过许多医疗干预手段，将这个取命的时机延后了。当这个时机最终降临时，我在我们的客厅里做任何事情（家用心脏除颤器做不到，心肺复苏术做不到，药物齐备的药箱以及静脉给药几秒钟后就可以帮助心脏复律的专门设备也做不到）都没有办法多留他一天。

那多出的一天是我爱你比多一天更多的那天。

就像你总是对我说的那样。

只有等到读完尸检报告，我才停止重构相撞的两辆汽车，以及塌缩成黑洞的恒星。塌缩早已存在，无人察觉，无人怀疑。

左主干动脉和左前降支动脉的狭窄都超过了百分之九十五。

左前降支动脉处发生了急性梗死。

那便是约翰死亡的剧情。这条左前降支动脉在一九八七年被修理好了，然后一直没有问题，直到大家都将它遗忘在脑后，然后它就出了故障。老兄，我们管它叫寡妇生产仪，心脏病医生曾在一九八七年这么说过。

我告诉你我活不过两天，高文说道。

要是我出了什么事情，约翰曾经说过。

19

我没有办法将自己设想成一位寡妇。我还记得我第一次犹豫时，还检查了那份表格里"婚姻状态"一栏。我曾经也没办法将自己设想成一位妻子。考虑到我非常看重家庭生活的仪式，接纳"妻子"的观念应该不会困难，可当时确实有些困难。在我们结婚很久后，我都搞不定我的婚戒。它非常松，会从左手无名指上滑脱下来。所以有一两年时间，我都把它戴在右手无名指上。后来我从炉子上端平底锅时，不小心烫伤了右手无名指，只好用一条金链子把戒指串起来戴到脖子上。金塔纳出生后，有人送了她一枚婴儿戒指，我把这枚戒指也穿到了链子上。

这样似乎就行得通了。

我现在依然这样佩戴这两枚戒指。

"你想要的不是我这种妻子"，在我们结婚的第一年，我常常跟约翰说这句话。当我说这句话的时候，我们通常刚在城里吃过晚饭，正开车行驶在返回葡萄牙湾的路上。当时我们会经过圣迭戈高速公路旁的那些炼油厂，这句话就像我们吵架时通常的第一轮开火。"你就应该找一个更像伦尼的女孩子结婚。"伦尼是尼克的妻子，也就是我的嫂子。伦尼喜欢玩乐，喜欢和朋友聚餐，但不喜欢打理房间。她喜欢穿美丽的法式长裙和套装，总是有空拜访亲友、给婴儿洗澡，或者带城外的访客去迪士尼乐园玩。"如果我想找个更像伦尼的妻子，那早就这么做了。"约翰会这么回答，他一开始比较耐心，后来慢慢不耐烦了。

实际上，我对妻子的角色毫无概念。

婚后最初几年，我会在头发里别上雏菊，试图营造出"新娘"的感觉。

后来我又为自己和金塔纳搭配了亲子条纹裙，试图让自己看起来像个"年轻的妈妈"。

在我的记忆中，这些年里我和约翰似乎一直在即兴表演，一直在盲目地飞行。最近我在清理一个文件柜时，发现了一本厚厚的文件，上面标着"计划"的名字。事实上，我们会把文件标注为"计划"，就说明我们根本没做多少计划。我们还会开"计划会议"，内容就是拿着便笺本坐下来，大声说出当天遇到的问题，然后根本不会想办法解决它，就出门吃饭去了。圣莫尼卡的迈克尔餐厅是我们常去的地方。在这本标注为"计划"的文件中，我找到了几张上世纪七十年代的圣诞节购物清单，几张通电话时记下的字条，以及各种笔记（文件里大多是这些笔记），也都源自上世纪七十年代，内容多是花费和收入的条目。这些笔记弥漫着一种绝望的情绪。比如说有一张笔记记着我们要在一九七八年四月十九日去见吉尔·弗兰克，那时我们急着要卖掉马利布的房子来支付布伦特伍德帕克那栋房子的房款，而当时我们已经在后面那栋房子里投了五万美元。马利布的房子卖不掉，因为整个春天那里都在下雨。山体滑坡了。太平洋海岸公路被封锁了。谁也没办法过来看房子，除非他们就住在马利布。过了好几个星期，我们只接待了一位看房的客人，他是住在马利布殖民地路的精神病医生。他脱掉鞋子，把它们留在外面的瓢泼大雨里，光着脚在瓷砖地板上四处走动，因为"要好好感受一下这座房子"。他跟他儿子说了一句话，然后他儿子告诉金塔纳说，这房子很"冷"。在那一年的四月十九日，我们写下了这张笔记：我们得做好打算，我们可能得到年底才能卖掉马利布的这栋房子。我们必须做好最坏的打算，只有这样，情况的好转才会以更美好的姿态到来。

　　一星期后还有一张笔记，我只能想到它应该是一场"计划会议"的准备工作：讨论话题，放弃布伦特伍德帕克？

让五万美元打水漂？

两星期后，为了逃避雨季，也为了在我们不断缩减的选项中做出选择，我们坐飞机来到了檀香山。第二天上午，我们游泳回来时，收到了一条消息：马利布总算雨过天晴，之前看房的客人里，有人要买我们的房子。

这番进展是否怂恿我们认定檀香山的度假酒店有助于解决现金的短缺？

这样确实有效的现实又教会了我们什么？

二十五年后，我们同样面临现金短缺，也同样决定去巴黎解决问题。我们怎么能够因为免掉了一张协和飞机的机票，就觉得这是一种经济实惠的解决问题的方案呢？

在同一个文件柜里，我还找到了约翰写于一九九〇年的几段话，那天是我们结婚二十六周年的纪念日。"我们结婚那天，在加利福尼亚施洗者圣约翰大教堂里，她在整场仪式上都戴着墨镜；她全程都在哭泣。我们走过教堂的过道，我们相互承诺下个星期就结束这段婚姻，不必等到死亡将我们分离。"

可我们的婚姻维系了这么久。这么多年来它都好好的。

为什么我会认为这段即兴表演永远都不会结束？

如果我明白它终将结束，我的一生会不会有所不同？

他又会怎样呢？

20

写到这里，第一年已经快过完了。当我在七点醒来时，纽约的天空依旧黑暗，而到了下午四点，黑暗会再度降临。客厅的干花枝上挂着五颜六色的圣诞灯。就在一年前，就在约翰过世的那个夜晚，客厅的干花枝上也挂着五颜六色的圣诞灯。可是到了春天，在我把金塔纳从 UCLA 医疗中心接回家后不久，这几串圣诞灯就烧掉了，再也亮不起来。它们已经变成了一种象征。我买来几串新的圣诞灯。它们成为了宣言，表明我相信未来会变好。无论何时，无论何地，只要能虚构出这样的宣言，我都势必要抓住机会，因为我实际上并不相信未来会变好。

我发现自己丧失了日常社交的技能，虽然一年之前，我的这些技能也算不上有多熟练。在共和党全国大会期间，我受邀到朋友的公寓参加一场小派对。这场派对的主角是我朋友的父亲，我见到这位朋友和她父亲，心里很高兴，但却很难和其他人聊天。我离开时，注意到有特勤局的人在场，但已经没有耐心接着待下去，看看到底有什么重要的人物要到场。共和党全国大会期间的另一个晚上，我参加了《纽约时报》在时代华纳大厦组织的一场派对。玻璃水箱里漂着蜡烛和栀子花。那晚我跟谁聊天都无法集中注意力。我的全部注意力都放在了栀子花上，因为它们曾经在布伦特伍德帕克的那栋房子里不断地被吸到过滤器中。

在这样的情景中，我能听到自己做出努力却又最终失败的声音。

我发现自己非常唐突地在餐桌前站了起来。

我还发现自己的复原力已经不如一年之前。我遭遇了好几次心理危机，它们裹挟着肾上腺素淹没了我的处境，令我燃烧殆尽。自我调动变得缓慢而不可靠，有时甚至无从调动。民主党和共和党全国大会之后，在总统大选之前的八九月间，我写下了约翰过世后的第一篇文章。内容跟竞选有关。自一九六三年以来，这是我第一次写好文章，草稿却没有经他审读，没有经他纠错，告诉我还需要补充哪些内容，以及怎么引出、怎么呈现。我写文章从来都不顺畅，但这一篇要比通常费时更久：某一刻，我意识到自己并不想将它完结，因为没有人会帮我审读。我不断地告诉自己，这篇文章有截稿日期，而我和约翰从来不会拖过截稿日期。为了完成这篇文章，我最终近乎在想象约翰在向我传达讯息。这条讯息非常简单：你是个专业媒体人，把这篇文章写完。

我后来意识到，我们许可自己想象这样的讯息，是因为我们还要活下去。

我现在明白，无论有没有我，UCLA 医疗中心的造口术都是要做的。

我现在明白，无论有没有我，金塔纳终归要重拾她的生活。

写完这篇文章，也等同于重拾我的生活，却不能没有我。

当我校对这篇文章，打算送去发表的时候，我震惊且不安地发现竟然犯下了这么多错误：简单的誊写讹误，人名和日期的错误。我告诉自己这不过是一种暂时现象，是自我调动问题的一部分，是由压力或丧恸导致认知障碍的又一证据，但仍然感到不安。我还能不能复归正常的写作状态？我还能不能相信自己不会写错？

凭什么对的人非得是你呢。约翰这么说过。

你是不是从来都没想过，自己其实也有犯错的可能性？

我越来越发现，自己会关注现在的十二月和一年前的十二月都有哪些相似之处。在某些方面，一年前的那些相似的日子对我来说更为清晰，对焦更为锐利。我做了很多相同的事情。我和去年一样，将未完成的事情列出了清单。我用同样的彩纸包装圣诞礼物，在同样购自惠特尼礼品店的明信片上写下了同样的祝福语，并用同样的金色封泥将明信片粘在彩纸上。我给大楼员工签了同样的支票，区别只是这些支票如今只印着我一个人的名字。我不会更换这些支票（就如同我不会更换答录机上的录音），但人们告诉我，约翰的姓名现在只能出现在信托账户上。我从"奇塔雷拉"预订了同一种火腿。我要在平安夜用上同样数量的碗碟，具体的数字搞得我心烦意乱，数了一遍又一遍。每年十二月，我都会约牙医见面，但是将牙刷样品塞到包里时，我意识到再也没有人会在接待室里一边浏览报纸，一边等我，然后我们一同去麦迪逊大道的"三个伙计"吃早餐。那天的上午空空荡荡的。我路过"三个伙计"，转过头去不想看到它。有一位朋友邀请我陪她去圣依纳爵·罗耀拉教堂聆听圣诞音乐，我们一同在黑夜的雨中步行回家。那一天落下了那个冬天的初雪，不过只有零星几点，并没有积雪从圣詹姆斯教堂的屋顶塌落，和我去年的生日没有丝毫相似的地方。

我去年生日时，他把这辈子的最后一份礼物送给了我。

我去年生日时，他的生命还剩下二十五天。

在壁炉前的那张桌子上，我发现最靠近椅子的那堆书有点不对劲，平时约翰在夜半醒来时，就会坐到这张椅子上读书。之前我特意不去碰这堆书并不是出于任何构造神龛的冲动，而是不相信自己在思考他夜半都在读什么书时，还能够自持。如今却有人在那堆书的顶端小心翼翼地放上了一本咖啡桌插图本读物：《维拉尔佩罗萨的阿涅利花园》。我取下了《维拉尔佩罗萨的阿涅利花园》。下面是约翰·卢卡奇的《伦敦五日：一九四○年五月》，书页间密密地写满了评语。这本书里夹着一张塑封书签，上面用孩子的笔迹写着：约翰——很高兴能读给你听——来自约翰，七岁。我一开始被这张书签弄糊涂了，它的塑封里点缀着粉色的亮片，然后我记起来了：创新艺人经纪公司（CAA）每年都有圣诞项目，会资助一组洛杉矶的在校生，而作为回报，他们要为 CAA 的一名指定客户制作一份纪念品。

他应该是在圣诞节的晚上，打开了这个来自 CAA 的礼盒。

他应该是将这张书签，随意地插在了那堆书顶部的那本书里。

他的生命还剩下一百二十个小时。

这余下的一百二十个小时，他会选择怎么活呢？

在《伦敦五日》下面，是一期二○○四年一月五日的《纽约客》。在这个日期发行的《纽约客》应该是在二〇〇三年十二月二十八日（星期日）送到我们公寓的。据约翰的日历记载，二〇〇三年十二月二十八日（星期日），我们和莎伦·德拉诺在家里吃了晚饭，她曾是约翰在兰登书屋的编辑，当时则是他在《纽约客》的编辑。我们坐在客厅的餐桌边吃了这顿晚饭。据我的厨房日记本记载，我们吃了意式波伦亚细面条、芝士沙拉和法棍。到那个时候，他的生命还剩下四十八个小时。

对这份临终时间表的预感，正是我一开始不愿意碰这堆书的原因所在。

我不想再做这种事情了。那天晚上或第二天晚上，他在从贝斯以色列北院返回公寓的出租车上这么说道。他讲的是我们又一次将金塔纳留在了医院里。

你别无选择，我在出租车里这么说道。

从此我就在想，他是不是真的别无选择。

21

"她还是那么美"，有一天，在跟我和约翰探望过重症监护病房里的金塔纳，离开贝斯以色列北院的时候，杰里曾这样说过。

"他说她还是那么美，"约翰在出租车里说道，"你听听他都说的是什么话？她还是那么美？她躺在那里肿成那个样子，身上还插满了各种管子，而他却说……"

他没有继续说下去。

这件事发生在他过世的前几天，在十二月的一个深夜里。我已经记不清那是二十六日、二十七日、二十八日，还是二十九日。不过肯定不是在三十日，因为三十日那天我们抵达医院时，杰里已经离开了。我意识到，在过去的几个月里，我把很多精力都用在了倒数天数和小时数上。那一天，当他坐在出租车里，当他说他做的一切都没有价值时，他的生命还剩下三个小时，还是二十七个小时？他知不知道自己余下的时间不多了，他有没有感到自己快要告别人世，他说这些话是不是因为他还不想离去？不要让坏掉的家伙抓住我，当金塔纳从噩梦中醒来时，她会这么说的，而约翰将这些话存到盒子里，借给了《小达奇·谢伊》里的卡特。我向她保证过，我们不会让坏掉的家伙抓住她。

你安全了。

我在你身边。

我曾经相信我们拥有那份力量。

如今，坏掉的家伙正在贝斯以色列北院的重症监护病房里等候着她；如今，坏掉的家伙正在这辆出租车里等候着他的父亲。虽然她才三四岁的时候，就已经意识到当坏掉的家伙出现时，她能倚仗的只有自己的努力：如果坏掉的家伙过来抓我，我会紧紧抓住栅栏，不让他把我带走。

她抓住了栅栏。她的父亲没抓住。

我告诉你我活不过两天。

正是去年十二月的最终结局，带给那些日子如此锐利的对焦。

22

作为一名地质学家的孙女，我很早就学会了将山峦、瀑布，甚至岛屿的必然变迁看作一种常态。当一座山峰沉入海底，我能够看出其中的自然秩序。当里氏五点二级地震摇撼着位于我那条威尔贝克街上我那栋房子里我那个房间的那张书桌时，我继续沉着地打字。山是地表作用力的一处临时寓所，自我意识则可能是一处类似的寓所。瀑布是水流跨越地表结构时，经过自我纠正后的一种不得已的适应，而就我所知，人类的技术也是如此。伊内兹·维克托[①]在一九七五年春天返回的瓦胡岛本身也是一种暂时的地貌，它是夏威夷海岭上的火山岩经受侵蚀后形成的一个大陆块。每一场降雨、每一次太平洋板块的震动都会改变它的形状，缩短它作为太平洋交叉路口的寿命。就此而言，

---

① 琼·狄迪恩出版于 1984 年的小说《民主》中的主人公。

我们很难对一九七五年春天或之前在那里发生的事情抱以绝对的确信。

这个段落选自我写于上世纪八十年代早期的一本小说的开头。书名叫"民主"，是约翰取的。一开始我本打算写一个家庭伦理喜剧故事，书名取为"天使来访"，《布鲁尔惯用语和寓言辞典》将这个短语定义作"短暂而鲜见的愉悦之事"，可当它显然已走向另一个方向的时候，我便将书名搁置起来，继续写作。在我写完后，约翰审读了一遍，然后表示我应该把书名取作"民主"。当苏门答腊俯冲带上一段长达六百英里的区域内发生了里氏九点零级地震，随后引发海啸，摧毁了印度洋海岸线的大面积区域后，我拿出书查阅了这个段落。

自此，我便无法停止想象这场灾难。

我的想象中并没有动态的画面。没有沙滩，没有被淹没的泳池，没有被风暴摧残得犹如破败工地的酒店大堂。我想看的事物发生在表面之下。俯冲至缅甸板块下方时受到挤压的印度板块。在深水中掠过的不可见的深层洋流。我手头并没有印度洋的水深图，但光靠兰德麦奈利硬纸板地球仪，我就能勾勒出大致的轮廓。班达亚齐附近海域最深处距海平面七百五十米。苏门答腊和斯里兰卡之间的海域最深处距海平面两千三百米。安达曼群岛和泰国之间的海域最深处距海平面两千一百米，然后有一条长长的浅海延伸向普吉岛。不可见的深层洋流的前端被大陆架阻缓的瞬间。大量的海水开始向大陆架堆积。

正如太初直到现今，万古而常新，永无穷尽。

现在是二〇〇四年十二月三十一日，一年零一天。

在十二月二十四日平安夜，我请人来家里吃饭，在一年前的平安夜，我和约翰也有这样的安排。我跟自己说，我做这些事情是为了金塔纳，但其实也是为了我自己。这是一道誓言，表明我不会让余生成为特例，成为宾客，成为一个不能自己做主的人。我生起炉火，我点亮蜡烛，我在餐厅的长餐桌上摆好碗碟和银器。我拿出几张 CD 唱片，《玛贝尔·梅塞演绎科尔·波特》专辑，伊瑟瑞·卡玛卡威乌欧尔的《飞越彩虹》，以及以色列钢琴手利兹·马格内斯演奏的《看顾我的人》。约翰曾在以色列使团的晚宴上同利兹·马格内斯坐在一起，她便把这张 CD 送给了他，里面录的是她在马拉喀什演奏的一场格什温音乐会。这张 CD 总能令人想起英国托管时期耶路撒冷大卫王酒店的美酒，所以它对约翰来说富有幽深的趣味，它是一个失落世界失而复得的证据，是第一次世界大战的又一次回响。他将其称作"训令音乐"。在他过世那晚的晚饭前，他曾在看书的时候播放这张 CD。

二十四日下午五点左右，我还觉得自己没法完成这个夜晚。可等时间到了，夜晚却完成了它自己。

苏珊娜·穆尔从檀香山给她女儿露露、金塔纳和我送来了花环。我们把花环戴到头上。另外一位朋友带来了一个姜饼屋。家里有很多孩子。我播放了训令音乐，不过家里实在过于嘈杂，谁也听不到它。

圣诞节的上午，我收拾好了碗碟和银器，下午去了圣约翰大教堂，那里的游客主要是日本人。圣约翰大教堂里总是有很多日本游客。金塔纳婚礼的那个下午，在她和杰里走下祭坛时，圣约翰大教堂里就有很多日本游客在到处拍照。在我们将约翰的骨灰放到主祭坛边上的灵堂里的那个下午，圣约翰大教堂外有一辆日本旅游巴士着了火，在阿姆斯特丹大道上烧成一道火柱，所幸车里没人。圣诞节那天，主祭坛边上的灵堂被教堂的重建工事挡住了。一位安保人员将我领了进去。灵堂里空无一人，只有几座脚手架。我低头从脚手架下走过，找到了那块刻有约翰和我母亲名字的大理石板。我把花环挂在将大理石板固定于拱顶下方的黄铜柱上，然后走出灵堂，进入中殿，走进中央过道，直直地向圆花窗走去。

我一边走一边注视着圆花窗。尽管它的光亮十分晃眼，我却决心一直注视着它，直到足够靠近圆花窗，以捕捉到圆花窗似乎要被光线炸裂，令蓝色填满整个视域的那个瞬间。一九九〇年的那个圣诞节，四下的烟火照亮了檀香山的整个天空，我收到水彩笔和黑色闹钟的那个圣诞节，我和约翰给一部电影救急重写剧本，结果那电影最终也没拍成的那个圣诞节，就有这面圆花窗。我们将电影的结局设置在圣约翰大教堂，并安排一枚钚弹在钟楼里登场（只有主角意识到这枚炸弹在圣约翰大教堂，而不是在世贸中心双子塔），将携带炸弹的不知情人士炸得飞出了那面圆花窗。我们在那个圣诞节用蓝色填满了整个荧幕。

　　写到这里，我意识到自己并不想停笔。

　　我也不想让这一年结束。

　　疯狂已经渐渐退却，但是清晰却没有取而代之。

　　我寻找着决心，却一无所获。

　　我不想让这一年结束，也是因为我明白随着日子一天天过去，一月会变成二月，二月会变成夏天，有些事情终将发生。对我来说，约翰去世那个瞬间的影像，会变得越来越不直接，越来越不鲜活。它终将变成某一年发生过的事情。我对约翰本人，那个活生生的约翰的感受，会越来越遥远，甚至越来越"浑浊"，越来越软塌，他最后的形象将变得最为适合我从今往后没有他的生活。事实上，这件事已经开始发生了。整整一年，我都用去年的日历来记录时间:去年的这一天我们都在干些什么，我们在哪里吃晚饭;去年的这一天，我们是不是在金塔纳的婚礼结束后坐飞机去了檀香山;去年的这一天，我们是不是从巴黎坐飞机回来，是不是这一天。可是今天我却第一次意识到，我对去年这一天的记忆是一段并不包含约翰的记忆。去年的这一天是二〇〇三年十二月三十一日。约翰没能见到去年的这一天。约翰已经去世了。

当意识到这一点时，我正要穿过列克星敦大道。

我明白了我们为什么要让死者活下去:我们努力让他们活下去，是为了让他们陪伴在我们身边。

我也明白了如果要继续我们自己的生活，就必须在某个时刻放手，让他们走，让他们死去。

让他们变成书桌上的照片。

让他们变成信托账户上的名字。

让他们沉入水中。

可是明白这一切并没有用，我并不能因此而让他沉入水中。

事实上，当我在列克星敦大道上预感到今后的每一天，我们曾经的共同生活会愈发远离生活的中心时，我体会到了一种背叛，这种感受如此强烈，甚至让我失去了对周围车来人往的所有感觉。

我回想起自己把花环留在了圣约翰大教堂。

那是一件纪念物，纪念那个我们用蓝色填满整个荧幕的圣诞节。

在人们离开檀香山时仍然搭乘马特森邮轮的那些年月，启航时的风俗是将花环扔到海水里，承诺着旅行者终将归返。这些花环会被卷入行船的尾流中，被搅烂，被泡黑，布伦特伍德帕克那个池子里的栀子花，也是这样被搅烂，被泡黑。

有一天早上我醒来时，试图回想起布伦特伍德帕克那栋房子各个房间的布局。我想象着自己在各个房间里穿行，首先走过一楼，然后走到二楼。那天晚些时候，我意识到自己遗忘了一个房间。

我留在圣约翰大教堂的那个花环，如今应该已经变黑了。

花环会变黑，地壳板块会移动，深层洋流会涌动，岛屿会消失，房间会被遗忘。

在一九七八年和一九八〇年，我曾和约翰一起飞赴印度尼西亚、马来西亚和新加坡。

当时还在的一些岛屿，如今都已经消失不见，变作浅滩。

我回想和他一起游到葡萄牙湾的洞穴里，回想涨起的清澈海水，它变化的模样，它涌过海岬底部的岩石时积聚的速度和力量。潮水必须涨得恰到好处。我们必须在潮水涨得恰到好处时下到水里。我们在那里住了两年，其间最多也就这样干过六次，但它却留存在我的记忆里。每次下去的时候，我都会担心错过涨起的海水，担心自己犹豫不决，担心算错时间。约翰却从不担心。你必须感受潮水的变化。你必须跟随这些变化。他曾告诉我这些。无人看顾麻雀，可他确实曾告诉我这些。

图书在版编目（CIP）数据

奇想之年 / （美）琼·狄迪恩著；陶泽慧译.
2版. -- 北京 : 新星出版社, 2025. 2. -- ISBN 978-7-
5133-5761-6

Ⅰ. Ⅰ712.65

中国国家版本馆CIP数据核字第2024MA4541号

奇想之年

[美] 琼·狄迪恩 著；陶泽慧 译

责任编辑	汪 欣	**特约编辑**	秦 薇
装帧设计	尚燕平	**内文制作**	王春雪
责任印制	李珊珊 史广宜		

出 版 人 马汝军

出 版 新星出版社

（北京市西城区车公庄大街丙3号楼8001 100044）

发 行 新经典发行有限公司

电话（010）68423599 邮箱 editor@readinglife.com

网 址 www.newstarpress.com

法律顾问 北京市岳成律师事务所

印 刷 山东韵杰文化科技有限公司

开 本 850mm×1168mm 1/32

印 张 7.5

字 数 112千字

版 次 2025年2月第2版 2025年2月第1次印刷

书 号 ISBN 978-7-5133-5761-6

定 价 59.00元

著作版权合同登记号：01-2016-8002

图书在版编目（CIP）数据

奇想之年 /（美）琼·狄迪恩著；陶泽慧译.
2版. -- 北京：新星出版社，2025. 2. -- ISBN 978-7-
5133-5761-6

Ⅰ. Ⅰ712.65
中国国家版本馆CIP数据核字第2024MA4541号

奇想之年

[美] 琼·狄迪恩 著；陶泽慧 译

责任编辑	汪 欣	**特约编辑**	秦 薇
装帧设计	尚燕平	**内文制作**	王春雪
责任印制	李珊珊　史广宜		

出 版 人 马汝军
出　　版 新星出版社
　　　　　（北京市西城区车公庄大街丙 3 号楼 8001　100044）
发　　行 新经典发行有限公司
　　　　　电话（010）68423599　邮箱 editor@readinglife.com
网　　址 www.newstarpress.com
法律顾问 北京市岳成律师事务所
印　　刷 山东韵杰文化科技有限公司
开　　本 850mm×1168mm　1/32
印　　张 7.5
字　　数 112 千字
版　　次 2025 年 2 月第 2 版　2025 年 2 月第 1 次印刷
书　　号 ISBN 978-7-5133-5761-6
定　　价 59.00 元